甲骨文學校

穿越到三千年前的殷商王朝 上

【專業審訂】黃庭頎
黃加佳——著　LONLON——繪

目錄

導讀

讓甲骨文帶你穿越到三千年前吧！

黃庭頎

什麼是甲骨文？

甲骨文，是目前所見時代最早的漢字。「甲骨」的「甲」指的是龜甲，而「骨」指的通常是牛骨。古代因為科技、醫療不像現代這麼發達，所以商代的君王經常需要透過問神，才能決定重要的事情。因此，「甲骨文」就是商王向神明祈求、問事時，刻在龜甲或牛骨上面的占卜文字。

甲骨文雖然是非常古老的文字，發現時間卻是相當晚，在此之前，世間的人們並不知道有這樣的東西存在。西元一八九九年，清朝大臣王懿榮在一個偶然的機會下，看到了這些刻有文字的甲骨，他馬上判定這是非比尋常的骨董，並開始蒐集。可惜王懿榮很快就過世了，而蒐集的甲骨也流散四方。唯一的幸運是他的朋友劉鶚，在甲骨流散消失之前曾做了記錄，編成名為《鐵雲藏龜》的書。後來引起古董商和學者注意，大家爭相尋找甲骨文的蹤跡，最後在考古人員及政府的努力下，甲骨文終於真正來到世人的眼前。

那麼，甲骨文通常都是些什麼內容呢？因為它的性質是占卜文字，所以往往反映當時人們最關心，最想知道結果，但最無能為力的事情。比方說「天氣」。在那個沒有氣象局及氣象報告的時代裡，人們沒有辦法預知隔天或未來日子的天氣，但是變化多端的氣象，常常影響人們的出行、農作或各種活動，甚至有時會引發難以收拾的災害。因此我們經常可以在甲骨文中，看到商王卜問「其雨」、「不其雨」，就是想知道未來的某天究竟會不會下雨。

又或者像是「疾病」。即使是今天，人們對某些難纏的疾病仍然束手無策，只好像神明祈禱早日康復。在商朝更是如此，商王對於疾病常常感到害怕，所以需要透過占卜詢問神明，了解自己或家人朋友「疾齒」（牙疼）、「疾足」（腳痛）、「疾目」（眼睛不舒服）等各種不舒服的原因。最有趣的是，商代的醫療並不發達，所以他們找到的生病原因，也跟今天不一樣。商朝人往往會在占卜後，認為是因為沒有好好祭拜某一位過世的祖先，所以祖先不滿意，才會降禍降災，害後代子孫這裡痛、那裡不舒服。所以，治療疾病的方式也不一定是吃藥針灸，而是趕快準備祭品，好好拜一拜那位生氣的祖先，別讓祂再不開心。

商王需要占卜的事情其實非常多，不只是天氣、疾病，還包括農作物是否有好收成、外出打獵是否會有收穫、敵人什麼時候來犯、戰爭是否能夠獲得勝利等等，都需要在事前先問一問神明。

甚至像在故事中提到的，商王王后婦好生子，無論是生產過程或孩子的性別，商王也想透過占卜一探究竟。正是由於甲骨文記錄了這麼豐富精采的卜問內容，所以我們才可以穿越三千年，從這些文字中找到古人生活、思想的蛛絲馬跡，進一步想像當時人們的樣貌。

武丁、婦好和那些商代的人們

在《甲骨文學校》中，我們可以看到許多商代著名人物，像是武丁、婦好、貞人爭等等。這些人物除了武丁在古書曾被記載外，大部分都只見於甲骨文中，先來談談本書的大反派——貞人爭。

如前面所說，甲骨文既然是占卜文字，也記載了很多商王關心的問題，可是古人究竟怎麼利用甲骨進行占卜呢？雖然書裡已經略略提及，但過程仍

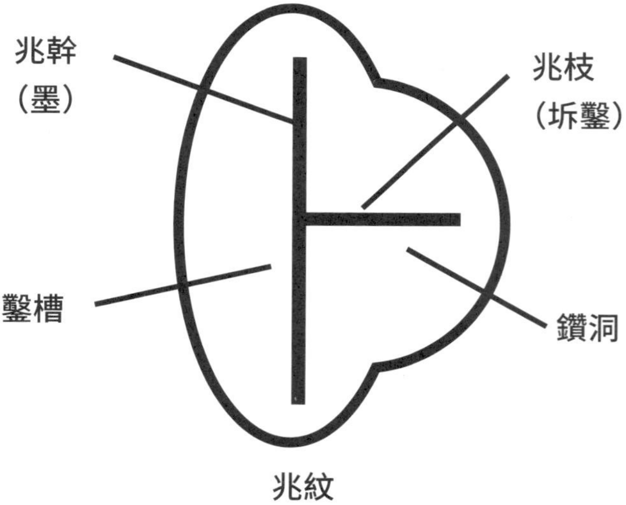
兆幹
（墨）
兆枝
（坼釁）
鑿槽
鑽洞
兆紋

然不很清楚，這裡就稍微再跟大家介紹得更具體些。

首先，需要準備一版整治過後的龜甲或牛骨，然後在甲骨的背面挖出一個圓形小洞，再鑿出一個棗核形的小洞，形成像右邊這樣特殊的形狀，叫做「鑽鑿」。接著，負責占卜的貞人就會在鑽鑿上點火灼燒，當溫度夠高時，甲骨的正面就會「卜」的一聲，裂出「卜」字造型的卜兆。最後，商王或貞人就會依據卜兆的形態，判斷事情的吉凶。

由於商王要問的事情很多，因此每一任商王都有屬於自己的貞人團隊。故事中的商王——武丁，是商朝中期非常有名的君主。他也有屬於自己的貞人團隊，而故事中的大反派「爭」也確實是團隊的一員，只不過在甲骨文中，更常出現的是另一位名為「賓」的貞人。但不管是「爭」或「賓」，他們做的事情基本是相同的，都是服侍商王武丁，並為他所關心的人事物進行占卜，而他們也都曾為武丁的妻子「婦好」做過相關卜問。

如同故事所說，武丁其實並不只有一位妻子，但婦好卻是他最寵愛的一位。有意思的是，婦好受寵的原因與平常的后妃不同，她不是因為自己長得多麼傾國傾城、婀娜多姿來獲得君王寵愛，而是她「進得廚房，上得戰場」。事實上，甲骨文中的婦好和故事有點不同，她為武丁生了很多子嗣，所以可以看到不少貞問「婦好生子」的卜辭，可說是個符合古代標準的王后。

不僅如此，甲骨文中還有不少婦好帶兵打仗的記錄，她不只是可以協助商王徵兵，還能與商朝大將雀、沚戛等人前往戰場與敵人廝殺。正因為婦好這既能主持家務，又能衝鋒陷陣的超能力，因此深得武丁的喜愛，對她的各種狀況都百般詢問，才讓我們今天能夠在甲骨文中看到豐富的婦好形象。

最後要談談的是商代的人們。《甲骨文學校》以商代為背景展開一段有趣的冒險故事，也盡量刻畫了不同階層的商代人民。從甲骨文中，也確實可以看到商代的君王、王后、王子、貴族、將軍、百官，甚至是奴隸、人牲。

他們各自有各自的任務跟宿命，並在商王的統治下，成就了一個面貌非凡的商王朝。也許用今天的標準看來，那個時代似乎有那麼一點點殘忍及粗暴，但卻是人類文明進程中不可避免的一個環節。

最重要的是，我們希望大家能透過故事認識過去曾有的時代，再透過考古文物進一步去觸摸歷史，最後讓武丁、婦好以及商朝有機會走進大家的內心，為後代的人所記憶。

（本文作者為政治大學中文系助理教授）

周悠悠

11歲，男生，國小五年級，是個想像力和創造力豐富，有點散漫的男孩，鬼點子極多，很會用彈弓。

小布丁

6歲，是悠悠的妹妹，肉嘟嘟的小女生，只要眼睛一睜開，小嘴就沒有停過，不是在吃，就是在說。還繼承了媽媽的獅吼功。

何田田

11歲，女生，名字取自樂府詩〈江南〉中的「江南可採蓮，蓮葉何田田」。她是品學兼優的班長，也是周悠悠的同學兼鄰居，父母是考古學家，自幼被奶奶帶大。

棄

11歲，是穿越小隊到商朝後遇到的朋友，性格沉穩可靠，是個孤兒，身世背後隱藏著不為人知的重大機密……。

引子

半夜十二點，家裡一片寂靜。牆上的掛鐘滴答滴答地走著。

悠悠把頭蒙在被窩裡，打著手電筒，嘴裡念念有詞，「滿……滿城春色關不住，一枝紅……紅杏出牆來。不對！滿園春色關不住……到底是『滿城』還是『滿園』？」

他翻開書看了一眼，既不是滿城春色，也不是滿園春色，而是「春色滿園關不住」。明天早自習，老師就要檢查背詩了，但直到睡前他才想起。明明只有二十八個字，怎麼翻來覆去就是記不住。

正在崩潰中，門忽然開了，悠悠從被窩裡探出頭，看見一個矮小的身影從門縫裡擠進來。

「小布丁！這麼晚了，怎麼不睡覺，跑到這裡做什麼？」悠悠吃了一驚。

他明明記得，不到九點，妹妹就哈欠連連地和媽媽上床睡覺去了，怎麼半夜跑到他房間裡來？小布丁今年六歲，還像個小寶寶，每天都得抱著泰迪熊才能入睡。她穿著小白點點的紅色睡衣，手拎著泰迪熊，走到悠悠的床前。

「快去睡，不要來亂，我還要背詩呢！」悠悠不耐煩地朝她揮揮手。

可是，小布丁既不說話，也不動，只是嘴角含笑，直直地看著他，神情像變了一個人。悠悠被她盯得渾身不自在，坐起身問：「你是不是尿床啦？」

小布丁伸出肉乎乎的小手，一把抓住悠悠的手臂，把他往床下拉。

「哎喲！」悠悠沒想到小布丁力氣這麼大，差點從床上摔下來。剛要發火，只見小布丁身後出現一道金光。那光芒燦爛無比，卻又毫不刺眼，甚至讓人感到溫暖。對！溫暖，就是這種感覺。

小布丁眉目含笑地看著他，忽然一個聲音響起，「跟我來！你想知道的一切，都在遙遠的過去！」是小布丁在說話嗎？可她的嘴並沒有動呀！不是她在說話？但悠悠從她的眼神中分明感覺到說話的就是她。

「我……我想知道什麼？你在說什麼呀？」悠悠結結巴巴地問。

這時，小布丁鬆開手，轉身向金光走去。悠悠低頭一看，自己的手臂上赫然出現了一隻黑色大鳥的圖案。這隻大鳥脖子高昂，雙翅張開，彷彿隨時就要飛走。悠悠驚恐萬分，拚命想把這隻大鳥擦掉。可是大鳥就像印在他的手臂上一樣，怎麼擦也擦不掉。

第一章

有一個地方叫鬼市

「嗖——啪——嘩啦——」

下午剛放學，悠悠的房間裡就傳出積木倒塌的聲音。自從上了五年級，媽媽就把他的iPad沒收了。

「什麼寶可夢、憤怒鳥……統統刪掉！都五年級了，居然還有心情玩手遊！以後除非考了一百分，否則別想碰 iPad！」說話的時候，媽媽雙手扠腰，剛燙過的大波浪頭髮向四面八方搖擺著，眼睛裡即將噴出火來。

從悠悠上了小學，也可能是有了妹妹小布丁之後，他也不確定到底是哪個原因，反正這兩件倒楣的事情前後發生。原來那個和顏悅色、輕聲細語的媽媽不見了，家裡多了一頭橫衝直撞的獅子。她的獨家絕技獅吼功一使出來，真是地動山搖，讓人聞之色變，連老爸都不是對手。悠悠自然不敢挑戰獅吼功，但是一想到再也不能玩手遊了，他有種痛不欲生的感覺。沉思一天後，他決定自己動手做一個現實版的憤怒鳥。

他用小布丁的積木搭成城堡，從老媽剛買的金桔中，挑出綠色的當豬，橘黃色的當小鳥。至於彈弓嘛，是無所不能的老爸做的。

每天放學回家，他都趁老媽接小布丁還沒回來的空檔，關起門來苦練彈弓神技。如今，他打彈弓的本領已經小有所成——一顆金桔打出去，在空中劃出優美的弧線，正中積木城堡。城堡應聲倒塌，金桔豬四散滾落，潰不成軍……。

悠悠剛想歡呼，房門就被推開了。老媽一臉肅殺地站在門口，今天她的頭髮顯得比平常更加桀驁不馴。

「悠悠！」老媽從牙縫裡擠出兩個字，這讓悠悠預感到暴風雨就要來了，「你說！『遊園』到底『值』還是『不值』？」

悠悠一聽，頓時明白，是教國文的杜老師打電話告狀了。話說前一天，他躲在被窩裡背了半天葉紹翁的〈遊園不值〉，直到上學路上，還在心裡糾結到底是春色滿園還是滿園春色。可是，杜老師卻另闢蹊徑，直接問他，「周悠悠，〈遊園不值〉中，這個『值』字是什麼意思？」

悠悠的腦子裡一片空白，他脫口而出，「他去拜訪朋友，朋友不在家，白跑了，所以覺得不值。」

「你以為買菜呢，還值不值？講了多少次了！『值』是遇到的意思，『不值』就是去朋友家沒遇到。」老師火冒三丈，把桌子拍得震天響。

「你這星期回答問題的積分卡，全都沒有了！下課後交給我三十分！」杜老師強忍怒火說道。

「可……可是我只有十分。」悠悠結結巴巴地說。

這學期杜老師自創了一套積分獎勵系統。半個學期下來，班上的佼佼者們——比如坐隔壁的何田田，已經拿了三百多分，悠悠費了好大力氣，才到手十分。一下子扣掉三十分，他還欠老師二十分。同學們哄堂大笑，課堂的嚴肅氣氛一掃而光。

杜老師氣得差點暈過去，她用手點著悠悠的腦門說：「今天我就打電話，看你媽怎麼說，坐下！」

悠悠平時不言不語，上課也不搗亂。可是杜老師發現，他經常兩眼發直，魂不守舍。要他起來回答問題，多半是答非所問。今天又鬧出值不值的笑話，好端端的一堂國文課，就這樣被他打亂了。

一想起晚上要經受獅吼功的無情摧殘，悠悠就頭皮發麻。放學後，他垂頭喪氣地回到家。說來奇怪，一進家門，看到彈弓和自製的憤怒鳥，一切煩惱立刻拋到九霄雲外。直到媽媽回來，才把他從九霄雲外拉回來。

「你說！『遊園』到底『值不值』？」老媽像電腦當機來回嘮叨。

小布丁含著一根冰棒從媽媽身後擠進屋，一邊吃一邊跟著叫：「你說，到底『值不值』？」

小布丁今年剛上一年級，是個肉乎乎的小女生。她的小嘴沒有停過，不是在吃，就是在說，或者邊吃邊說。她最喜歡的事，就是學著媽媽的樣子數落悠悠。

悠悠一見小布丁，想起了昨晚的怪夢，心裡一顫，不禁說道：「還不是因為小布丁，嚇得我都亂了！」

媽媽一聽，他居然把責任推到八竿子打不著的小布丁身上，更加火冒三丈，正要施展獅吼功，忽聽有人敲門。

「田田來啦！快進來，快進來！」老媽一見是隔壁的何田田來了，立刻眉開眼笑。

悠悠覺得，天下最悲慘的事情不是有個會獅吼功的老媽，而是跟模範生當鄰居。何田田坐悠悠的隔壁，也是班長。她聰明、愛讀書，科科考第一，不論多麼複雜的作業，她都能做得有條不紊，一絲不苟——個子也比悠悠長得高。她就是傳說中的別人家的小孩。最令人無法忍受的是，何田田還很喜歡管悠悠的閒事。

「周悠悠，你昨天數學寫了嗎？」

「周悠悠，作文就差你沒交了！」

「周悠悠，上課的時候，別抖腿！」

「周悠悠，你幾天沒洗澡了？臭死了……。」天啊！簡直比老媽還煩人！

「田田，你幹嘛整天盯著我？班裡有那麼多同學，你管管他們好不好？如果真的精力旺盛沒地方發洩，就去操場跑步，不要整天煩我。」

聽到悠悠這樣抱怨，田田雙眉倒豎說：「別臭美了！誰管你啊？自作多情。」說是這麼說，可是田田今天管到悠悠家裡來了。

媽媽一看見田田，就像換了一個人，笑容都快從臉上的笑紋裡溢出來了。她連忙請田田進屋，「今天阿姨做紅燒肉，你在我們家吃飯吧！」

小布丁也跟著起鬨，蹦蹦跳跳地迎上去，不住嘴地叫：「田田姊姊，田田姊姊！」

田田有禮貌地說：「謝謝阿姨。我爸爸媽媽明天要出差，今天我就不在您家吃飯了。杜老師要我幫悠悠複習一下功課。」

「哎喲！你爸媽剛回來沒幾天，又要走啊？」悠悠媽有點吃驚。

田田的爸爸媽媽是考古學家，一年到頭，不是在考古挖掘現場，就是在去考古挖掘現場的路上。田田是奶奶帶大的，小時候，因為父母不在身邊，不知道流過多少眼淚。不過現在她已經習慣了，常常輕描淡寫地說：「不知道有多少人羨慕爸媽沒時間管我呢！」

沒錯，悠悠就是其中最羨慕的一個。一提起田田，老媽的嘴就停不下來，「你瞧人家田田，爸爸媽媽不在身邊，科科考第一，還那麼愛讀書。你看你……。」悠悠覺得有一群蒼蠅在自己周圍嗡嗡嗡地飛來飛去。他立刻把耳朵調為關閉模式。

「嘿！你在想什麼？快點把國文課本拿出來，我還有好多事要做呢！」田田一巴掌拍在悠悠的後背上，令他如夢初醒。

「又不是我叫你來的。」悠悠一邊慢吞吞地從書包拿書，一邊小聲嘀咕。

「少廢話，要不是杜老師要我幫你背書，我才懶得理你呢！」田田趾高氣揚地說，活生生又一個杜老師。

「要不是小布丁半夜裝神弄鬼地嚇我，我才不會上課答錯呢！」悠悠不服氣地說。

「小布丁比你小五歲，她嚇你？你還好意思說！」田田撇撇嘴。

悠悠本想把昨晚的怪夢講給田田聽，可見她一臉公事公辦的樣子，便把話硬生生吞回去了。這些大人心中的模範兒童有什麼想像力，跟她說了也是白搭。田田像小老師一樣，認真負責地把該背的、該記的功課，幫悠悠複習一遍，就回家了。

媽媽一邊在廚房叮叮噹噹地做飯，一邊數落悠悠。

小布丁邊吃洋芋片，邊看動畫片，和夢裡那個裝神弄鬼的小女生判若兩人。悠悠悄悄坐到她身邊，用手肘碰了碰她問：「嘿！昨天晚上，你到我房間做什麼？」

小布丁莫名其妙地看了他一眼說：「神經病！」然後，又接著看她的動畫片。她仗著爸爸媽媽對她的寵愛，天不怕地不怕，根本沒把悠悠放在眼裡，甚至連哥哥都不叫，整天學著媽媽的口氣「悠悠」、「悠悠」地對他呼來喝去。在這個家裡，悠悠一點地位也沒有。

每天他都夢想著快點長大，背上行囊，獨自仗劍闖天涯，再也不用受家裡一大一小兩隻母老虎的氣了。不過，幸好家裡還有一個更沒地位的爸爸墊底。爸爸是網路工程師，工作馬馬虎虎，平時就想著玩的事，一會兒設計機器人，一會兒製作無線電，總是花樣不斷。媽媽一看見他又在組裝新玩具，就絕望地說：「我們家養了大中小三個屁孩！」

快吃飯了，爸爸捧著一本大大的厚書回家，絲毫沒有感覺家裡的緊張氣氛，甚至沒有正眼看媽媽、悠悠和小布丁一眼。他把背包往地上一放，就窩在沙發裡繼續看書。

飯菜擺上桌，老媽喊了三遍「吃飯啦！」，但爸爸就像沒聽見一樣，最後還是他的寶貝——小布丁出馬，才把他拉到飯桌旁邊。

「老爸，你看什麼呢，這麼入迷？」悠悠一邊往嘴裡扒飯，一邊歪頭瞧爸爸手裡的大厚書。只見書背上寫著三個字《殷商史》。

「什麼商史？這是講什麼的呀？」悠悠問。

「殷商！殷商！傻兒子。『殷』字都不認識，國文怎麼學的？」老爸放下書，興致勃勃地說：「夏、商、周，聽過吧？中國最古老的三個朝代。這本書講的就是商朝的歷史。」

悠悠好奇地翻開書，書的扉頁上赫然印著一隻大黑鳥。他嚇得倒吸了一口冷氣，這不就是那天夢裡在他手臂上出現的大鳥嗎？幸好夢醒後，手臂上什麼都沒有，否則真的要精神錯亂了。可是，大鳥怎麼會陰魂不散地又出現在爸爸的書上呢？

「這……這隻大鳥是什麼？好恐怖啊！」悠悠指著書問。

「有什麼恐怖的！牠叫玄鳥，是中國古代神話中的神鳥。『玄』是黑色的意思，玄鳥就是黑色的鳥。《詩經》中有一句話：『天命玄鳥，降而生商。』這個故事是，有名女子名叫簡狄，在郊外吃了一隻玄鳥下的蛋，生下了商人的始祖——契。後來，商人把玄鳥當作他們部族的圖騰。」爸爸打開話匣子，說個不停。

這時，老媽開腔了，「怎麼又開始研究『殷商』了？你是不是又想著買什麼破東西？我警告你！先把乾隆的鼻煙壺、成化的碗、康熙的瓶子處理掉再說！什麼都不懂，還學人家收藏。」

最近，爸爸迷上了收藏，沒事就往舊貨攤、古玩市場跑。三不五時，不是拎回來清朝的花瓶，就是買回來一枚明朝的銅錢。家裡的展示櫃擺滿了爸爸的戰利品。

一提起這些古董，老媽就生氣，「什麼亂七八糟的，沒有一樣是真的！擺得家裡都沒地方放了，還一直買。」

「你不懂……。」老爸不和她計較，仍舊如癡如醉地看他的《殷商史》。看他著迷的樣子，鐵定是在想要買什麼呢。

晚上，悠悠睡得正香，忽然感覺有人在搖他的手臂。他從床上跳起來，不會又是小布丁吧？定睛一看，發現老爸正鬼鬼祟祟地站在他的床前。

「悠悠，悠悠，快起來！」

悠悠的心臟差點跳出來，他一邊拍著胸脯壓驚，一邊埋怨道：「哎呀，老爸！你嚇死我了。三更半夜不睡覺，大呼小叫什麼呢？」

「臭小子，誰大呼小叫了？」老爸用手拍了他後腦勺一下說：「你不是一直嚷嚷要跟我去『鬼市』嗎？現在去不去？」

一聽鬼市二字，悠悠精神就來了。鬼市這個名字聽起來有些恐怖，其實和鬼一點關係也沒有，就是晚上擺攤賣舊貨的市場。最早的出處來自於唐代，流行於西域的市集，指從五更營業至天亮的市集。鬼市每週三的凌晨兩、三點開張，天一亮就收攤。聽說鬼市上好東西很多，只有你想不到，沒有不賣的。悠悠老早就想跟爸爸去逛逛，但爸爸總是說：「太晚了，你明天還要上學呢！」

沒想到，今天老爸居然主動要帶他去鬼市。悠悠馬上跳下床，以最快的速度穿上衣服，跟爸爸出門了。

夜色中，爸爸開著車一路向東。車窗外，一輪清冷的圓月掛在天上，周圍靜悄悄的，整個城市都睡著了，只有他們父子倆在路上。

聽說，月圓之夜總會有神祕的事情發生。不知道今天晚上會不會碰到「狼人」……悠悠頭一次半夜三更出門，忍不住胡思亂想。

半小時後，爸爸把車停在一處空地上。悠悠跳下車，只見四周黑漆漆的，遠處有許多星星點點的鬼火在晃動。

「是鬼火嗎？」

「什麼鬼火？不要胡說八道！那是攤位上點的燈。」老爸打開手電筒，拉著瑟縮的悠悠往前走。悠悠緊緊拉著老爸的手，一步也不敢落後。

鬼市上人影晃動，攤位一個接著一個，一眼望不到盡頭。每個攤位上都點著一盞小油燈。攤主們故意把燈火調到最小，火焰在風中一跳一跳的，好像隨時都要熄滅。

鬼市果然與一般的市場風格迥異，攤主們靜悄悄地蹲在自己的攤位邊，沒有人大聲吆喝、招攬顧客。顧客們也安安靜靜地用手電筒照著每一個攤位，遇到感興趣的，就蹲下來仔細把玩一陣。

鬼市上什麼稀奇古怪的東西都有。一個攤位上，擺著各式各樣的舊娃娃，有的缺手少腿，有的頭髮散亂，還有的半閉著眼睛，詭異極了。一個攤位上，擺滿了各式各樣的銅錢、香爐。還有一個攤位上，各種稀奇古怪的舊戲服隨風飄舞，水袖亂甩，就像活起來了一樣。

一路看下來，悠悠不禁脊背發涼，把老爸的手捏得更緊了。老爸似乎早有目標。他拉著悠悠徑直來到鬼市最深處的一個攤位前。這個攤位好古怪，只擺著一塊泛黃的小東西。攤主是個長著山羊鬍子的老爺爺，他看到悠悠爸，神祕地點頭微笑道：「你還是來了。」

「是啊，忘不了啊！」爸爸彎腰撿起那塊小東西仔細端詳，一副愛不釋手的樣子。

那東西只有巴掌大小，上面布滿了裂紋和黑色的花紋，看起來破破爛爛的，一點也不起眼。

「這是什麼東西？」悠悠好奇地問。

「這不是什麼東西！這是三千年前商朝人留下的卜骨！」

「它是做什麼用的呢？」

「商朝人做任何事之前，都要先用龜甲和獸骨占卜吉凶。這上面的花紋就是『甲骨文』，中國最古老的文字。」

「這些花紋是漢字？我怎麼一個也不認識？」悠悠吃驚極了。他從爸爸的手中接過那片卜骨，翻來覆去仔細端詳。

「你小心，別摔到了！」爸爸見悠悠雙手亂摸，馬上搶了回去。

「寶貝固然少，識寶人更少。」老爺爺捋著山羊鬍子說：「你考慮得怎麼樣啦？」

爸爸走上前，把手伸進老爺爺的袖子裡。兩人的手在老爺爺的袖子裡，神祕地動著。一會兒爸爸搖頭，一會兒老爺爺搖頭。

因為跟老爸有過幾次淘古玩的經驗，悠悠知道，這叫袖裡乾坤。賣古玩的人最怕跟顧客討價還價的時候，看熱鬧的人亂插嘴。萬一有管閒事的說：「這是假的啊！不值這個錢……。」生意就做不成了。於是，古玩行發明了一套在袖子裡捏手指頭討價還價的方法。

「故弄玄虛！黑漆漆的，哪裡還有別人！」見爸爸和老爺爺沒完沒了，悠悠覺得無聊極了，逕自在周圍閒逛著。這時旁邊攤位上一頂袖珍小帳篷吸引了他。這頂小帳篷圓圓的，有個尖頂，是用迷彩布料做成的，帳篷上印的綠色樹葉和真的一樣，放在叢林裡一定能和周圍環境融為一體。悠悠做夢都想在房間裡放一頂小帳篷。這樣，吵鬧的小布丁再也騷擾不了他。想到小布丁被關在帳篷外抓狂的樣子，悠悠忍不住笑出聲。

「老爸，老爸！我想要這頂帳篷！」悠悠迫不及待地跑到老爸跟前，搖著他的手臂央求。

此時，爸爸已經還價成功，買到了心儀的寶貝。他滿面春風，心情大好，二話不說就幫悠悠買下了這頂小帳篷。

今夜不虛此行，悠悠和爸爸都買到了喜歡的寶貝，高高興興地踏上了回家之路。凌晨五點，二人神不知鬼不覺地溜回家，鑽進被窩，繼續蒙頭大睡，就像什麼也沒發生一樣。

第二章

這是一頂有魔力的帳篷

悠爸迷上收藏，是受了隔壁田田爸媽的影響。自從這兩位考古學家搬到隔壁，他就像發現了新大陸，瞬間迷上了古董。只要淘到什麼寶貝，他就會拿到田田家去鑑定。田爸也很熱情，教了悠爸不少考古學知識。現在，悠爸說起文物來像模像樣的。不過，內行人一聽就知道，他對許多理論都是一知半解，是個典型的假行家。

悠爸自認為對收藏很有研究，但常常一出手就買到假貨。

田爸經常勸他，「別輕易出手，碰到什麼好東西先拿回來，我幫你鑑定一下，你再買。」

可是，田田爸媽經常出差不在家。悠爸碰到好東西，就像兔子碰見蘿蔔，心裡長了草一樣，不買下來就吃不下飯睡不著覺，老是念著。他總振振有詞，「不出手怎麼行？回頭讓別人買走了！」

從鬼市回來的這天下午，悠爸拿著新到手的寶貝，來找田田爸媽鑑定。

「我爸媽一早就去考察了。」田田說。

「什麼？剛回來沒幾天，又走了？」悠爸一臉失望。

「有什麼辦法？」田田攤攤手，雖然表面一副無所謂的樣子，其實她心裡比悠爸還不開心十倍。

悠爸不死心，立刻打電話給田爸。

「殷商卜骨可不是在鬼市上能淘到的東西，你不會又上當了吧？」田爸顯然還在路上，電話裡噪音很大，他扯著脖子喊，「就算是真的，也不宜留下。這東西很神祕，我勸你還是退了吧！」

「退了！那怎麼行？」田爸越是這麼說，悠爸越是心緒澎湃。把到手的寶貝退了，那簡直是要他的命！既然田爸幫不上忙，悠爸決定自己想辦法找人鑑定。

他翻開手機通訊錄，撥通號碼，「喂，大頭，你認識在電視上做鑑定的那個賈教授嗎……。」

接下來的幾天，家裡沉浸在一種說不出的喜悅氣氛中。老爸對自己淘到的寶貝信心十足；老媽也一反過去的冷淡態度，對卜骨愛不釋手。她專門找出一只精製的小錦盒，小心翼翼地將卜骨放在裡面，並用不容置疑的語氣對悠悠和小布丁說：「誰也不許碰這個寶貝！」

悠悠才沒興趣碰那塊破骨頭呢！他所有的心思都在自己新買的小帳篷上。這頂小帳篷的迷彩布上印的樹葉在陽光的照射下泛著綠光。放下門簾，猶如坐在叢林中。每天一放學，悠悠就往小帳篷裡一躺，蹺著二郎腿，吃著零食，翻著漫畫，如同在野外露營，別提有多愜意了。當然，如果沒有小布丁搗亂，就更愜意了。

這天，他剛在帳篷裡坐穩，小布丁就跑過來了。她滿臉堆笑，一副可愛的表情，嘴裡不停地叫：「哥哥，哥哥！」

悠悠知道，只要她一叫哥哥，準沒好事。

「做什麼？」悠悠把門簾放下，只露出腦袋，警惕地看著小布丁。

「哥哥，我進去坐坐，我進去坐坐！」小布丁一邊說，一邊用胖胖的手臂往裡擠。

「休想進來搗亂！」悠悠兩隻手把門簾拉得死死的，不讓她進來。正在僵持中，悠悠忽然發現，小布丁手裡竟然拿著老爸的寶貝卜骨。

老媽可是下令誰也不許碰這塊寶貝，還把它放在展示櫃最高層，怎麼落到小布丁的手裡了？

「小布丁，你怎麼拿到這個的？快給我！」悠悠顧不上帳篷，一個箭步走出去，想把卜骨從她手裡奪回來。

「不給，我的！」小布丁見悠悠要搶，把寶貝死死抱在懷裡，扭頭就跑。

悠悠在後面追，小布丁在前面跑，兩人在屋裡玩起了貓捉老鼠。

小布丁一邊跑一邊叫：「我的，我的！不給，就不給！」轉了幾圈後，小布丁跑到帳篷門口，二話不說鑽了進去。悠悠心中暗笑，「鑽進帳篷，你還跑得了嗎？」於是，緊隨其後也鑽了進去。

小布丁的腳丫在悠悠眼前搖晃，似乎一伸手就能抓住。悠悠奮力往前爬，小布丁也奮力往前爬。忽然，悠悠眼前一黑，只覺得天旋地轉，耳邊風聲呼呼大作，身體不由自主地往下墜。還沒來得及叫出聲，發現周圍迷彩布上印的樹葉，竟然一下子都變成真的了。密密麻麻的葉片割得他手臂有點疼。

天啊！他和小布丁已經跌出帳篷，來到了一片真正的叢林之中。悠悠和小布丁被眼前的景象驚呆了。這是一片只有在電視裡才能見到的原始森林。周圍的樹木高聳入雲，樹枝交錯，繁盛的枝葉如蓋子一般，把天空遮得嚴嚴實實。森林中散發著一股好聞的泥土清香。微風拂過，樹葉沙沙作響，陽光透過樹葉間的縫隙，往地上撒下點點光斑。

一分鐘前，他們還在房間裡嬉鬧，怎麼轉眼就跑到原始森林裡了？悠悠不敢相信眼前的一切，用力拍打自己的臉，「我該不會是在做夢吧？」他的臉被自己打疼了，這不是夢。

小布丁緊緊抱住哥哥的腿，一動也不敢動，滿臉驚駭地問：「悠悠，我們這是在哪裡呀？」

「我……我也不知道啊！」悠悠結結巴巴地回答。他也想找人問問，這到底是哪裡呀？他們怎麼會跑到這裡呢？可是，周圍全是樹木，看不到盡頭，更別說人影了！

小布丁一聽，悠悠也不知道這是哪裡，立刻放聲大哭起來。那聲音大得彷彿能使地動山搖，天崩地裂。悠悠把她抱在懷裡安慰，「布丁，別哭，別哭！哥哥開玩笑的，誰說我不知道這是哪裡？這是動物園啊！」

「你騙人，我們剛才還在家裡玩，怎麼一下子就到這裡來了？」小布丁一邊擦著眼淚一邊說。

「我……我借了哆啦A夢的任意門啊！我不想讓你進我的小帳篷，就是怕你發現我的祕密！」悠悠也不知道自己哪來的靈感，能編出這麼多荒謬的話。

「真的嗎？」小布丁心情似乎平復了一些。

「真的，當然是真的……你看這裡不是還有小松鼠嗎？」小布丁順著悠悠手指的方向望去，果然有幾隻小松鼠正站在地上，眨著無辜的大眼睛，上下打量他們。

「小松鼠！」小布丁是個小動物控，一看見小動物就定住了。社區裡，不管誰家養的小動物，都是她的好朋友，就連樓下兇神惡煞的鬆獅犬球球，她也是又親又抱。

看見小松鼠，小布丁立刻破涕為笑，顧不上害怕，張著小手走過去。幾隻小松鼠嚇了一跳，轉身就跑。小布丁也不管有沒有危險，立即快步追上去。

「小布丁，你去哪兒呀？別亂跑！」悠悠見小布丁跑向密林深處，急得直跺腳，一邊追一邊喊：「快回來，我早晚會被你害死！」

二人一前一後跑出不遠，眼前豁然開朗，森林中出現一片空地。空地上有一座用石頭壘成的梯形高臺，臺上一堆篝火正在熊熊燃燒。

這時，一陣咚咚咚的鼓聲傳來。那鼓聲不快不慢，莊嚴而神祕，似乎有一種攝人心魄的力量，每一下都敲進靈魂深處。隨後，一陣低沉而渾厚的歌聲響起。那曲調和他們聽過的任何一首歌都不同，雖然說不上優美，但極為震撼。

小布丁目不轉睛地看著眼前的一切，吃驚地張大了嘴。悠悠一把將她拉到一片灌木叢後，在她耳邊小聲說：「別出聲！」

一個身穿白色長袍、披頭散髮的人緩緩登上高臺，站在篝火前。在火光的照射下，他的背影高大得像一尊神像。高臺下，一大片人黑壓壓地跪著。

忽然，鼓點緊湊起來。白袍人口中念念有詞，手裡拿著一根毛茸茸的長東西，圍著火堆跳起舞來。現場頓時陷入一片狂亂之中，臺下跪拜的人群發出狼嚎般的嗚咽聲，令人毛骨悚然。一個霹靂在天空炸響，小布丁嚇得把腦袋埋進悠悠的懷中。轉瞬間狂風大作，電閃雷鳴，晴朗的天空立刻烏雲密布。

一大群烏鴉從人們頭頂飛過。參加儀式的人們更加興奮，一個個像通了電似的抽搐起來。

悠悠和小布丁驚訝地目瞪口呆，他們從未見過這麼詭異的場面。小布丁低聲問：「他們是什麼人呀？是在拍電影嗎？」

悠悠的腦子裡也充滿問號，但是他敢肯定這絕對不是在拍電影。如果真是拍電影，那絕對是一部好萊塢大片。

忽然，悠悠瞥見高臺上豎著一面旗子，感覺似曾相識。是玄鳥！旗子上畫的竟然是玄鳥！悠悠立即認出來了，那是夢中他手臂上的大黑鳥，和爸爸那本《殷商史》扉頁上的同一款。這些人怎麼會豎著商朝的玄鳥旗呢？

一排身著白袍、長髮披肩的男子，每人牽著一頭牛，順著臺階緩緩走上高臺。之前跳舞的白袍人接過一把閃亮的尖刀，走到第一頭牛前，單手按住牛頭，口中念念有詞。白光一閃，尖刀已插入牛的眉心，牛癱倒在地。隨後，白袍男子們也都手起刀落，刺向自己牽著的牛。牛一頭頭倒下，血水嘩嘩地從高臺上流下來。從來沒見過這種血腥場面的悠悠和小布丁，忍不住驚叫起來。他們的叫聲雖然不高，但還是被人發現了。站在人群最邊邊的幾名手持長矛的壯漢，向他們躲藏的地方張望。

不好！被發現了！悠悠感覺不妙，拉起小布丁轉身就跑。那幾名壯漢顯然已經發現了他們，互相招呼著追了上去。地面又濕又滑，到處都是腐爛的樹葉和樹枝。小布丁剛跑幾步，就讓腳下凸起的樹根絆了個趔趄。悠悠二話不說，把她扛在肩膀上，繼續沒命地往前跑。小布丁胖胖的小肚皮，正好頂在悠悠的肩膀上，別提多難受了。她一邊掙扎一邊叫：「哎喲，放我下來，我要吐啦！」

悠悠顧不上理她，心中只有一個念頭：「小帳篷，小帳篷，我的小帳篷……。」雖然不知道鑽進小帳篷能不能躲過一劫，但除此之外好像也沒有別的辦法。

還好，小帳篷就在不遠處，悠悠沒跑多遠就看到它了。這時，他們身後傳來一陣狂暴的狗叫聲。悠悠不敢回頭看，只能拚命往前跑。不過，小布丁看得一清二楚，幾隻兇神惡煞的大黑狗，張著血盆大口飛快地追了上來。

「哎呀，媽呀！」眼看就要跑到帳篷門口了，悠悠突然被地上的樹根絆倒了。他和小布丁摔了個四腳朝天。悠悠兩眼一黑，心想：「完蛋了，完蛋了！」

千鈞一髮之際，一陣尖利的驚叫聲響起，那聲音像刀子一般穿過他的耳膜，直沖雲霄，簡直是驚天地泣鬼神。悠悠感到腦袋一陣發麻，險些暈倒。奇怪的是，不但悠悠覺得頭暈，那幾隻大黑狗也彷彿感到天旋地轉，全都摔倒在地。牠們都兩眼翻白，口吐白沫，昏死過去。悠悠循聲望去，小布丁正閉著眼睛，張著大嘴，坐在地上放聲大哭。

「我的天！難道小布丁學會了媽媽的絕世獅吼功？而且她的獅吼功比媽媽的威力更大，竟然把惡狗都震昏了！」悠悠顧不上胡思亂想，一把抱起張著大嘴的小布丁，三步併作兩步衝向小帳篷。他用手臂緊緊夾住小布丁，連滾帶爬地鑽進去。二人頓時感到天旋地轉，身體像被巨大的引力吸住一樣，疾速上升。他們只覺得耳邊風聲大作，還沒回過神，眼前卻一亮，已經回到家裡了。

驚魂未定的小布丁緊緊抱住哥哥，結結巴巴地說：「悠悠……你這頂小帳篷……到底是什麼啊？」

「爸爸的寶貝甲骨呢？」悠悠反問。小布丁攤開手，那片泛黃的骨片已被她手中的汗水浸得濕漉漉的。

第三章 三千年前，我們來了！

第二天上學，悠悠兩眼發直，腦子裡全是森林啊、玄鳥啊、噴血的牛啊、汪汪叫的大黑狗啊……他看著杜老師站在講臺上，嘴巴張開合上，合上又張開，至於她講了什麼，自己一點也沒聽見。

放學路上，何田田追上來，一巴掌拍在悠悠的背上，「嘿，你今天神不守舍的。小心點，杜老師指了你好幾次。我看，要不是她今天心情好，一定又要請家長來學校。」

「是嗎？杜老師指我了？」悠悠竟然完全沒發現。是啊，誰穿越到商朝之後，還能安然上課，還能發現老師上課指了他，簡直要頒發諾貝爾淡定獎了。自從穿越回來，悠悠吃不下飯，睡不好覺。這個驚天祕密像大石頭一樣，把他身體上能出氣的孔都堵死了。不行，他一定要找人說說，不然他就要憋死了！可是能找誰呢？

老媽是絕對不會相信這種事的，說不定還會對他施展獅吼功。老爸雖然是個幼稚鬼，但碰上這麼匪夷所思的事，可能也會以為他精神錯亂。別的朋友，即便相信也幫不上忙啊！他們沒一個有歷史知識，連商朝是什麼都不知道。想來想去，只剩眼前的模範生何田田或許還有點用。她爸媽是考古學家，從小耳濡目染，歷史知識豐富。雖然是個認真魔人，但畢竟還是同年紀。

悠悠定了定神，深呼吸一口，鼓足勇氣說：「田田！我想告訴你一個祕密……。」

「嗯！」田田眼皮都沒抬，隨口敷衍了一聲。

悠悠放連珠炮一般，把他怎樣和爸爸淘到商朝的卜骨、怎樣和小布丁穿越到商朝、又怎樣逃過大黑狗的追殺，最終跑回來……從頭到尾講了一遍。這真是一個很長很長的故事，悠悠從來沒講過這麼長的故事，講得天昏地暗，口乾舌燥。而田田則從最開始的心不在焉，轉而專心致志，進而目瞪口呆，直到最後驚訝地張大了嘴巴。她半天才緩過神來說：「周悠悠，你是不是發燒了？」

「哼！我就知道你不信！你們這些模範生，一點想像力也沒有！」雖然悠悠早已預料到會被嘲笑，但他還是感到很受傷，眼淚忍不住在眼眶中直打轉。為什麼要告訴她？一個裝模作樣的好學生！真是自取其辱！悠悠覺得委屈極了，轉身就走。

「哎，你別走啊！如果是真的，你說說古人長什麼樣？」田田見悠悠反應這麼激烈，不禁感到一絲歉疚。其實，她不是想嘲笑悠悠，也並非不相信，只是這件事太不可思議了，誰心中不會產生疑問呢？

悠悠擺擺手，頭也不回地說：「就當我講了笑話吧！什麼也別問了！」

「如果你說的是真的，你敢不敢帶我再穿越一次？」

「假的，全是假的，什麼也別說了！」悠悠還是擺手。

「周悠悠，你耍我啊？」田田真的生氣了。

悠悠轉過身，委屈地看著她說：「你把我當騙子，我能怎麼辦？」

田田有些不好意思地說：「我不是不相信你，只是這太不可思議了。你看到的很可能是一場祭祀。按說，憑你的歷史知識，絕對編不出這種場面。」

「當然不是我編的，」悠悠指天發誓，「我要是有半句假話，要我立刻變成小狗！對了，『祭祀』是什麼東西？」

田田拉著他一溜煙跑回家，從她爸爸的書架上抽出一本書，翻到關於祭祀的部分讀起來：

「祭祀是古人與上天和祖先溝通的一種儀式。商朝人崇信上帝和祖先，他們相信土地、山川皆有神，所以商人的祭祀活動很多。為了表示對神祇和祖先的敬畏，商人祭祀時會花費大量的犧牲……。」

「什麼叫『花費大量的犧牲』？」悠悠聽得一頭霧水。

田田解釋說：「這個『犧牲』，不是我們常說的為某件事犧牲的意思，而是指祭祀中宰殺的牛羊等祭品。宰的牛羊越多，說明對神靈和祖先越誠心……。」

「怪不得他們會宰那麼多牛，一刀斃命，好恐怖啊！」悠悠心有餘悸。

田田繼續念道：「每逢打仗、祈雨、祖先忌日等，商人就會舉行大型的祭祀活動。在祭祀過程中，商人還會進行占卜，甲骨文就是商朝人占卜時留下的文字……。」

「這麼說，我爸淘來的那塊骨頭上，也記錄著占卜的內容？」悠悠問。

「很有可能。」田田點點頭，「搞不好記錄著什麼重大事件呢！可惜我們不認識甲骨文。」

「對了，前兩天我還做了一個怪夢……。」悠悠把前兩天做的怪夢也一股腦告訴田田，「夢裡小布丁說：『你想知道的一切，都在遙遠的過去！』」

「這麼說，是小布丁帶你穿越的？」

「我不清楚，她好像也不知道那是怎麼回事！」悠悠皺著眉頭說：「不過，那個怪夢、爸爸買的卜骨，還有那頂小帳篷，之間一定有什麼神奇的聯繫。」

「小帳篷是哪兒來的？」田田問。

「是在甲骨旁邊的攤位上買的。那人……。」悠悠努力回憶著攤主的模樣。他穿著一身運動服，帽子壓得低低的，把臉遮了大半。交易的全程，他都低著頭，一句話也沒說，只用手比畫了一下價錢。當時，悠悠全部心思都在小帳篷上，也沒留意。現在想來，真是詭異至極。

「說不定他和賣卜骨的老爺爺是一夥的，卜骨和小帳篷原本就是一套。小帳篷是時光隧道，卜骨就是打開時光隧道的鑰匙。」田田分析。

「一定是這樣。」悠悠太佩服田田了，模範生就是模範生，分析得頭頭是道。田田從小受爸爸媽媽的影響，特別喜歡閱讀歷史故事。她總是夢想：

「要是能穿越時空回到過去，看看真實的歷史是不是跟書本上寫的一樣，那該有多棒啊！」

「什麼？你真想穿越呀？」一提到穿越，悠悠不禁頭皮發麻，頭搖得像博浪鼓，他打死也不想再讓大狗追了。

田田一臉鄙夷，「那你還是騙人啊！說得天花亂墜，有本事也帶我一起穿越！」

「我……你……不是那麼簡單啊！」悠悠不知如何是好。

「有什麼不簡單，不帶我去，就是假的！」田田的白眼都要翻到天上去了。

「我是說，萬一穿過去回不來怎麼辦？萬一他們把我們抓住怎麼辦？」

「萬一……萬一，萬一，哪有那麼多萬一？你跟小布丁不是平平安安回來了嗎？我們做好準備，一不對勁就開溜，不會有事的……」田田好話說盡，可悠悠還是猶豫不決。她一跺腳，怒道：「哼！你要是不帶我去，我以後就叫你騙子！」

田田的激將法果然奏效了，悠悠心一橫，說：「好，去就去！到時候，誰要是哭著喊說要回來，誰就是小狗！」

悠悠終於同意了，田田高興地歡呼起來，「我們快點準備準備吧！週末就奔向商朝，走吧！」

「我們要做什麼準備呢？」悠悠一臉疑惑。

這話可把田田問住了，穿越回商朝，要做什麼準備？書上可沒寫過呀。她想了想說：「這樣吧，我在我爸的書架上找找有關商朝的書。你就當是去露營，準備些工具吧！」

二人一拍即合，約定週六下午在悠悠家會合。

轉眼週六到了。田田興匆匆地抱著一本大磚頭般的書來到悠悠家。

「看，我找到什麼了！這本書簡直就是為我們準備的。」她把書往桌上一攤，悠悠看到封面上寫著《殷商旅行指南》。

「太讚了！你從哪兒找到的？」悠悠讚嘆道。

「我爸的書架上。我從沒注意到還有這麼一本書，這回突然發現了。簡直就是關於殷商的百科全書！」田田說。

悠悠一邊翻書一邊皺眉頭，「這麼厚的一本書，什麼時候才能看完呀？」

田田雖然是模範生，但要啃完一本上千頁的書，也得花費很多時間和精力。

她說：「這是個問題，而且背著它穿越，也太重了。」

悠悠發現，書最後一頁的左下角印著一隻卡通小烏龜。這隻小烏龜大腦袋、圓龜殼，殼上是像甲骨文一樣的花紋。閃著大眼睛，好像在跟悠悠說話。

悠悠靈機一動，「把你的 iPad 借我用用，我的被老媽沒收了。」田田不知道他要做什麼，從背包裡拿出 iPad。悠悠打開 iPad 對著小烏龜一掃，iPad 上立刻出現了一個名為《殷商旅行指南》的 App。

「哇！太神了！」田田誇獎道，她一邊打開 App 一邊問：「你怎麼知道那是一個 QR Code？」

「呵呵呵。」悠悠抓著後腦勺，不好意思地說：「我看見像 QR Code 的東西就想掃，你看烏龜殼上的花紋多像 QR Code。」

這個 App 超級好用，輸入關鍵字想查的資訊眨眼就跑出來了，還有圖片，太貼心了，有了它走遍商朝就不怕了。

「那你準備什麼呢？」研究完 App 後，田田問悠悠。

悠悠把他的法寶一樣一樣擺出來：

強光手電筒，光線可以穿透八百公尺，野外生存必備。特別是三千年前那種沒有電燈的時代，必不可少。打火機一個。過年時爸爸買的鞭炮若干，商朝人還沒有發明火藥，放鞭炮應該可以把他們嚇個半死。彈弓，悠悠的祕密武器，可以遠距離攻擊敵人。小刀、繩子，還有手機……。

「手機？商朝沒有收訊，你帶手機有什麼用？」田田忍不住問。

一語驚醒夢中人，悠悠恍然大悟，「我怎麼忘了。那我們帶上對講機吧！對講機不需要網路，萬一走散了，可以互相聯絡。不過手機嘛，還是帶上吧。無聊的時候可以玩玩遊戲。」

到了商朝還不忘玩手遊，田田無話可說了。準備妥當，二人來到小帳篷前。悠悠一手捏著甲骨，一手拉住田田的手。二人對視後，深吸一口氣，異口同聲說道：「走吧！」便一前一後鑽進了帳篷。

第四章

黑毛怪的陷阱

悠悠像上次那樣奮力向裡爬，只爬了一步，腦袋就頂到帳篷上了。

田田在後面用力推他，「你往裡面爬呀，怎麼不動了？」

悠悠不但不往裡爬，反而退了回來。他尷尬地看著田田說：「穿……穿不過去呀！」

田田氣鼓鼓地爬起來，看都不看悠悠一眼，扭頭就往門外走。她覺得自己簡直是天下第一大傻瓜，怎麼會相信悠悠的鬼話？什麼商朝？什麼祭祀？什麼玄鳥？統統都是這個奇葩編出來的！如果別人知道她——模範生何田田，跟著周悠悠用一頂破帳篷傻乎乎地想穿越，一定會笑破肚皮。真是一世英名毀於一旦。

悠悠追上來賠笑道：「別走，別走。我們再想想，一定是哪兒出錯了。」

「你當我是白癡啊？上了一次當，還不夠？」田田惱羞成怒，一把將他推開。

「騙你，我馬上變成小狗！」悠悠指天發誓，急得滿頭是汗，到底是哪兒出錯了？

田田見他一臉嚴肅，不像在騙人，說：「那好吧！最後再給你一次機會。好好想想上次是怎麼穿越的，一個細節都不許漏。」

悠悠翻著眼皮回憶，「上次為了搶小布丁手裡的甲骨，在房間裡追得團團轉。後來，小布丁拿著甲骨鑽進帳篷，我也跟著鑽進去，然後一下子就穿越了……。」

「小布丁！」二人異口同聲叫出來。關鍵人物難道是小布丁？

話音未落，小布丁含著棒棒糖，從屋外悠閒自得地走進來，「你們偷偷摸摸做什麼呢？」

難怪她在夢裡說：「跟我來！你想知道的一切，都在遙遠的過去！」看來，沒有她還真穿越不了啊！可是一想到要帶個累贅穿越到商朝，悠悠就頭大。妹妹這種生物不僅好吃懶做，脾氣壞，還從媽媽那裡繼承了獅吼功，動不動就發作。

「會獅吼功還不好？要不是小布丁，上次你們還逃不回來呢！」田田捏捏小布丁的胖臉蛋說。

「就是！」小布丁一臉得意，「你們要是不帶我，我就告訴媽媽……。」

悠悠一臉無奈，心想，無論如何也甩不掉她了。他伸出三根手指頭，對小布丁說：「約法三章。第一，不許亂跑，要時時跟緊我。第二，不許叫苦叫累，什麼都得吃，在哪兒都能睡。第三，不許亂用獅吼功，我的耳朵都快聾了！」

「好了，好了，知道了！」小布丁見悠悠答應帶自己穿越，高興極了。

悠悠用手臂夾著小布丁，小布丁拿著甲骨，田田拽著悠悠的衣角，三人兩前一後，鑽進帳篷。瞬間，他們只覺得眼前一黑，天旋地轉，耳邊風聲呼呼大作，身體不由自主地疾速下墜。

「啊！」田田還沒喊出聲，便已經滾出帳篷，來到了叢林之中。這是一個夏天的午後。樹木高聳入雲，陽光透過茂密的樹葉，在地上灑下點點光斑，一股泥土和植物的清香迎面撲來，沁人心脾。不知名的鳥兒在林中歌唱，知了拖著長音單調地鳴叫，周圍瀰漫著既神祕又原始的氣息。

「我們成功了嗎？」田田從地上爬起來，興奮地問悠悠。

「我們成功了！」悠悠點點頭。

周圍的景色似曾相識，上次他和小布丁穿越後抵達的，似乎就是這片樹林。

「哈哈！我們真的穿越啦！我們真的穿越啦！三千年前，這真是三千年前嗎？」田田一改平日矜持的淑女形象，竟然情不自禁地翻起筋斗。她摸摸身旁的大樹，聞聞草叢中的野花，不敢相信自己來到了三千年前神祕的商代。

「田田，你笑起來滿好看的。」平時為什麼老是繃著臉，跟個小老頭似的。悠悠頭一次看到田田如此興奮，簡直像換了一個人。

田田根本沒聽見悠悠說什麼，她還沉浸在初到商代的激動中。她曾無數次夢想著回到古代，闖入歷史，去見證書裡講述的故事。沒想到，夢想就這樣實現了。小布丁也受到田田的感染，跟著她又蹦又跳又叫，完全忘記了上次被大狗追的驚險一幕。

悠悠快速將帳篷收好，塞進自己的背包。上次，他和小布丁險些因為來不及鑽進帳篷而回不去。這次他要把帳篷隨時帶在身邊，只要情況不對，隨時準備開溜。

剛收好帳篷，就聽見有人遠遠走過來。悠悠低聲說：「快蹲下，有人來了。」三人隱藏在草叢後面，偷偷向外張望。

兩個小黑塔般壯實的人，從小路盡頭走來。走近時，悠悠差點叫出聲，小布丁嚇得把腦袋扎進他的懷裡，田田緊緊抓住悠悠的手臂，滿眼驚恐。這兩個人渾身長滿了黑毛，長髮披散至腰間，臉部除了五官沒有毛，其餘全被毛髮覆蓋。他們的樣子不像人類，活像兩隻大猩猩。可他們走路時身子挺直，步履如飛，一點也不像大猩猩那樣搖搖擺擺。

兩個黑毛怪邊走邊激烈地討論著什麼，意見似乎很不一致。悠悠拚命想聽清他們到底在爭論什麼，可是一句也沒聽懂。二怪走到近前，忽然停下腳步。一怪指指地，又指指遠處，嘰哩咕嚕說了半天，便開始在地上挖起土來。另一怪似乎不太滿意，但看同伴態度堅決，也無可奈何地挖起來。二怪力氣很大，不一會兒就挖了一個一人多深的大坑。坑挖好後，他們從周圍拔了許多雜草，把草鋪在大坑上。

悠悠和田田交換了一下眼色，心想：原來兩個黑毛怪在布置陷阱，不知道他們要陷害誰。

忙了半天，陷阱終於布置好了。兩個黑毛怪左看看右看看，顯得十分滿意，又嗚嚕嗚嚕說了半天，才一前一後爬到旁邊的大樹上埋伏起來。

沒一會兒，一個背著柴火的小男孩從遠處走來，他大約十一二歲，跟悠悠差不多。難道兩個黑毛怪要抓的人是他？

悠悠見那男孩走得興高采烈，對即將發生的危險毫不知情，不禁為他著急。他反手從背包裡摸出彈弓，套上小石子，瞄準黑毛怪。這時，田田拉了拉他的手，緊張地搖搖頭，似乎在說：「別惹事，危險！」

悠悠拍拍她的手，讓她別擔心，然後舉起彈弓瞄準。一顆石子飛出，不偏不倚正好擊中一個黑毛怪。雖然石子的力道非常有限，但悠悠之前苦練打小鳥絕技，所以攻擊的角度十分巧妙，正中黑毛怪的眼睛。那傢伙正全神貫注地觀察男孩，完全沒有防備。突遭襲擊，猛地失去平衡，從樹上栽了下來。

可笑的是，跌下樹時他雙手亂抓，把同伴也給拽了下來。只聽砰砰兩聲巨響，兩個黑毛怪掉進了自己挖的陷阱，疼得哇哇大叫。

這時，男孩剛好走到近前，被從天而降的黑毛怪嚇了一大跳。

悠悠、田田和小布丁從草叢中跳出來，看著黑毛怪狼狽的樣子，不禁哈哈大笑，「就憑你們這種智商，還想害人？」

小男孩這才反應過來，原來自己差點中了黑毛怪的埋伏，幸虧三個陌生人出手相救。他躬身施禮，「多謝救命之恩，要不是你們，我就要被這兩個毛民國人捉住了。」

「什麼毛民國人？你說他們是毛民國人？居然真有毛民國人！」田田雙眼瞪得圓溜溜的，不敢相信自己的耳朵。

「毛民國人是什麼？這不是兩隻大猩猩嗎？」悠悠邊往大坑裡看邊問。

「《山海經》記載，在海外玄股國北邊，有個國家叫毛民國，那裡的人渾身都長著長長的毛髮。我以前都只當神話故事在聽，沒想到真有毛民國。」田田說。

「你也看過《山海經》？」男孩驚喜地問。

「那當然了，《山海經》是三千年前……。」田田剛想掉書袋，就發現自己說漏嘴了，連忙捂住嘴巴，把後面的話硬生生嚥了回去。

「什麼？三千年前？」男孩不明白她說什麼。

「沒什麼，沒什麼……你也看過《山海經》？」悠悠連忙打馬虎眼。

「是呀，自從王派出使者遊歷四方，他們便不斷帶回各地的奇聞怪事。我們學校的博物老師就是負責把這些故事編輯成冊的人之一。他們的編寫小組每年都出一本《山海經》，現在已經出到第十本了。」小男孩自豪地說。

田田不敢相信自己的耳朵，原來《山海經》有那麼多本，爸爸送給她的卻只是薄薄一冊。看來幾千年來大部分都失傳了。

田爸曾經說過，《山海經》中記錄的眾多奇異動物植物，其實並不都是古人編的，很多都有原型，對於考察古代地理和動植物很有參考價值。不過，他並沒有說《山海經》中記載的是真實的呀！

「難道說，《山海經》裡記錄的都是真的。」田田驚訝地問。

「那當然了！幾年前王根據《山海經》的記錄，派人去海外征討毛民國。毛民國人全部被抓回來做了奴隸。部分身體好的做了殺手，還有的在南山搬石頭。不過，近一兩年毛民國人越來越少見了，我以為他們都死光了呢。沒想到竟然在這裡害人！」

一直以來，《山海經》被當作神話傳說，裡面記載的遠古事物太過離奇，田田一直以為那不過是古人想像出來的，可眼前這個商代男孩卻告訴自己，一切都是真的。田田不禁恍惚，不知道自己是穿越到神話裡，還是《山海經》本來就是真的。

三人說話時，小布丁不知道從什麼地方撿來一根長長的大木棍，蹲在陷阱邊，捅那兩個毛民國人。剛才這個小丫頭還被兩個黑毛怪嚇得渾身發抖，現在見他們被困於陷阱裡，膽子又大了。兩個毛民國人被小布丁用木棍捅得左躲右閃，齜牙咧嘴。小布丁則被他們狼狽的樣子逗得咯咯咯笑個不停。

悠悠看不下去了，從小布丁手裡奪下木棍說：「小布丁，別鬧了！小心黑毛怪跳上來咬你。」

小布丁朝哥哥扮了個鬼臉，一臉不服氣。不過，她還是下意識地往悠悠身後躲了躲——誰知道黑毛怪會不會真的跳出來咬人。

男孩說：「放心吧，有我在，他們不敢傷人。」然後，他從腰間抽出一把短劍指向兩個毛民國人問：「是誰派你們來的？為什麼要暗算我？快說，不然我在你們身上捅幾個窟窿。」

兩個毛民國人嚇得瑟瑟發抖，不住地磕頭求饒。他們一會兒指指自己，一會兒指指遠方，嘴裡嗚嚕嗚嚕發出一些奇怪的聲音。

「他們是不是不會說話呀？」田田問。

「是不會說，還是裝傻？」男孩揮舞著短劍，兇巴巴地質問毛民國人。兩個毛民國人嚇得抱作一團，眼淚大顆大顆地從又黑又醜的臉上滾下來。

「好了，別嚇他們了。」悠悠看著他們可憐的樣子，感到很彆扭。他對男孩說：「他們可能只是想搶點東西吧！你也沒受傷，就別傷害他們了！」

「哎喲，他們哭啦！小哥哥壞！」小布丁自己剛剛還在欺負毛民國人，現在又成了正義的化身，保護起他們。

田田對男孩正色說：「你們不該無緣無故地把人家抓回來當奴隸，我看是你們有錯在先。」

小男孩聽了他們的話，不由得一愣。從來沒有人對他說，殺個奴隸有什麼不妥。不過，他覺得悠悠等人說得有些道理，好像沒有什麼殺他們的必要。

於是，他收起短劍，對兩個毛民國人說：「今天就饒你們不死，要是再為非作歹，下次新舊帳一起算。」

兩個毛民國人沒想到還能活命，激動地抱頭痛哭，樣子又好笑又可憐。他們你推我、我拉你，好半天才從自己挖的陷阱裡爬出來，然後一溜煙向森林深處跑去。

悠悠仔細打量起眼前的男孩。他生得方頭大耳，兩道濃眉直入鬢角，樣子很英武。不過，他的髮型卻有些滑稽——腦袋四周的頭髮都剃光了，只留下頭頂一小撮，梳成了小辮子，遠看就像頂著鍋蓋。他的衣服灰不灰、黃不黃，質地粗糙，就像套著一條大麻袋。

這個男孩也在觀察他們。他從未見過穿得如此奇怪的人。悠悠上身穿印著蜘蛛人圖案的白色T恤，下身穿牛仔褲；田田穿著帶蕾絲花邊的銀灰色連衣裙；小布丁梳著兩個辮子，穿著獨角獸圖案的粉色洋裝。

男孩摸著悠悠的衣服，羨慕地說：「你們的衣服好奇怪呀！顏色真好看！你們是從哪裡來的？」

這話把悠悠問愣了，他張口結舌不知如何回答。

田田搶著說：「我們是從北方烏雞國來的。我們的王看到你們寫的《山海經》非常讚嘆，所以命我們遊歷四方，寫一本《山河經》，跟你們比試比試。」

田田可真能編，瞎話張嘴就來。悠悠心裡暗比大拇指，對這位模範生佩服極了。男孩聽了田田的話，毫不懷疑，高興地說：「那你們可來巧了，今天殷正好舉行一年一度的大集市。四周方國的商人們都會帶著稀奇古怪的東西來趕集。我帶你們逛一逛吧！」

女人天生愛逛街，剛一穿越就能逛到商朝的集市，簡直太酷了！田田和小布丁高興地歡呼起來，拉著男孩的手臂迫不及待地出發，「快走，快走！」

第五章

神奇動物在這裡

悠悠、田田和小布丁跟著男孩一路向東，不久便走出了森林。眼前出現了一片綠油油的農田，濃淡宜人的綠色一直延伸到遠方。空氣中蕩漾著泥土的芳香，白色的蝴蝶在田間飛舞，蛙鳴聲和蟲鳴聲此起彼落。天空中飄著幾朵棉花糖一樣的白雲。受盡了空氣汙染之苦的悠悠、田田和小布丁，已經不記得上次看到如此湛藍的天空是什麼時候了，他們不由自主地深深吸了一口氣，盡情享受這帶著甜味的空氣。

「真是碧空如洗，陽光明媚啊！」悠悠看著畫中才見過的田園風光，不由得讚嘆。

「哎喲！你不是國文不靈嗎？詞還不少嘛！」田田揶揄道。

「我們那裡天天灰濛濛的，到處不是車就是人，哪來的詩意呀？學了詞也不會用。到這裡才知道，原來書上教的好詞好句，都非常貼切呀！」

「小兔子！小青蛙！大雁，天上飛的是大雁嗎？」看著身邊各種各樣的小動物，小布丁覺得眼睛都不夠用了，一會兒追兔子，一會兒捉青蛙，忙得不亦樂乎。悠悠不得不死死捉住她的手臂，生怕這個野丫頭跌到田裡，摔得一身泥。說說笑笑間，一座城出現在眼前。

男孩自豪地說：「這就是我們的都城——殷。」

悠悠悄悄問田田，「殷是哪兒呀？」

田田小聲回答：「殷是商朝的首都，在河南安陽。上個世紀，考古學家在殷墟發現了很多甲骨，你爸爸那塊甲骨，一定也是在殷墟出土的。」

悠悠驚喜道：「是嗎？這麼說，我們找對地方了？」

田田笑咪咪地點點頭，然後高聲問男孩，「你們的王是誰呀？」

男孩一聽有些吃驚，「你們連我們的王都不知道？他就是英明神武的武丁呀！」

田田聽到武丁二字，恍然大悟，「原來我們來到武丁盛世了！太讚了！」

武丁是商朝中期有名的君主。史書記載，武丁很小的時候就被父親小乙送到民間下鄉勞動。他跟農民一起種過田，和奴隸一起搬過石頭，吃了不少苦。後來，他繼承了王位，在宰相傅說的輔佐下，商越來越強大，終於開創了武丁盛世。

沒想到田田這麼了解自己的國家，男孩不禁豎起大拇指，「你真博學啊！好些事我都不知道呢！」

看到男孩對田田佩服的樣子，悠悠也覺得臉上有光，炫耀道：「那當然了，她可是我們班的模範生呢！」

田田問男孩，「我聽說你們有個王后叫婦好，能征善戰，是位女英雄。」

「你還知道我們的王后！」男孩越發驚喜，「她確實是位女英雄。羌方、鬼方、土方……這些方國叛亂，都是王后率兵平定的，她是我最崇拜的人。不過聽說她最近得了重病，王請來很多名醫診治，都沒有好消息……。」說到這裡，男孩一臉憂慮。

不知不覺，四人進了城。城中道路寬闊，屋舍整齊，雖然處處都很簡陋，但毫不雜亂。男孩帶著他們徑直來到城南的大集市。集市上人來人往，熱鬧非凡，商人們的攤位一個接一個，看不到盡頭。集市上除了糧食、蔬菜、農具等常見貨物外，還有很多悠悠三人從未見過的東西。

不遠處的攤位上傳來一陣尖利的豬叫，叫聲此起彼落，活像兩隻豬在吵架。他們走近一看，發現哪裡是兩隻豬在吵架，原來是一隻豬身上的兩個豬頭在吵架。這隻豬一前一後長了兩個腦袋，活像是把兩頭豬從中間劈開，又縫在一起。兩個豬頭你一言我一語吵得正熱鬧。

悠悠、田田和小布丁看到雙頭豬，嚇了一大跳，「這是什麼妖怪啊？」

牽著雙頭豬的壯漢說：「這個怪物名叫屏蓬，兩個腦袋老是吵架，一個想往東走，一個想往西走，結果撕來扯去，一步也挪不動。那天我上山砍柴，看見牠正吵得不可開交，就捉了回來。」

「我從來沒見過雙頭豬！不會是哪個科學怪人改造出來的新物種吧？」悠悠的驚駭之情，一點也沒因為壯漢的解釋而減少。

壯漢聽不懂悠悠的話，繼續得意地說：「屏蓬吵架的時候，經常被人捉住，所以現在都快滅絕了。這隻屏蓬說不定是世界上最後一隻了呢！很珍貴的喲！」

此時，屏蓬的兩個豬頭突然不吵了，牠側耳聽著悠悠和壯漢交談。當聽到壯漢說牠可能是世上最後一隻屏蓬時，兩個豬頭號啕痛哭起來。哭了一會兒，兩個豬頭又你一句我一句地吵起來，看神情似乎在互相埋怨——為什麼要天天吵架？敵人來了都不知道，這下可好，要滅絕了吧！

悠悠四人看著屏蓬，正樂不可支，忽然被旁邊攤主巨大的吆喝聲嚇了一跳，「別搶，別搶！旋龜多著呢！」

他們扭頭，看到一群老年人把那個攤位圍得水泄不通。四人擠過去一瞧，原來是在賣小烏龜。

「賣個小烏龜而已，需要喊那麼大聲嗎？」田田嘟囔。

「這可不是一般的小烏龜，你們仔細瞧瞧。」男孩說。

「這些小烏龜居然長著雞的腦袋和蛇的尾巴。這是什麼怪物？」小布丁害怕地問。

男孩說：「這是旋龜，戴在腰上，可以治療耳聾。」

田田樂了，「這小烏龜原來是助聽器，怪不得那麼多老人家都搶著買。」

「對呀，攤主不那麼大聲，這些老人家都聽不見。」男孩笑著說。

再往前走，只見一個攤位前嘰嘰喳喳地圍著好多小孩。攤主正拿著一隻小老鼠向孩子們兜售，「這可不是普通的老鼠。牠叫耳鼠，有一對超大的耳朵。把耳朵扯開，再一放，牠就能飛起來。」

果然，攤主一鬆手，耳鼠就飛了起來。耳鼠圍著攤主盤旋了一陣，又乖乖地落回到他的手中。圍觀的孩子看到耳鼠的表演，發出一陣讚嘆聲。他們紛紛央求父母買一隻當寵物。

小布丁更是心癢難耐，搖著悠悠的手臂說：「哥哥……哥哥……我也要耳鼠！」

悠悠說：「小布丁，我也很想要一隻，可是我們沒帶錢呀！」

「那還不簡單！」田田從背包裡掏出一大袋貝殼，問攤主，「多少錢一隻呀？」

攤主看到田田手中的貝殼，眼睛都直了，忙說：「一個貝一隻。」

田田把他賣的耳鼠都買下來，分給在場的小孩每人一隻。孩子們沒想到今天能遇到這種好事，一個個捧著耳鼠歡天喜地地回家了。

悠悠驚呆了，「沒想到貝殼在這裡這麼值錢！」

「你呀，就是不讀書！好多貝字旁漢字，像財、賺都跟錢有關。因為上古時期的人都用貝殼當錢。」田田說。

「上次我們去海邊度假撿了一大包貝殼呢！早知道我都帶來，那我們就是大富翁了！」悠悠後悔地直跺腳。

說實話，田田也沒想到三千年前的商朝，有這麼多好玩意——長著三條尾巴、一隻眼睛的貛，樣子有點像狸貓，據說能模仿上百種動物的叫聲，根本是個答錄機。

只長了一隻翅膀、一隻眼睛的比翼鳥，據說只有情投意合的雌鳥和雄鳥併在一起才能飛翔。比翼鳥特別恩愛，所以成了愛情的象徵，是送給新婚夫婦的最佳禮品。

悠悠、田田和小布丁像劉姥姥進了大觀園，只覺得眼花撩亂，奇不勝收。

正逛得興致勃勃，田田無意中瞥見有個黑影一晃而過。可當她回頭張望，卻什麼都沒發現。那黑影好熟悉，是誰呢？

田田正出神，忽然聽到悠悠在前面的人群中大喊：「田田！快來看，美人魚呀！」

集市最深處的一個攤位前，裡三層外三層圍著一大群人。田田擠進去一瞧，大吃一驚，只見一個大魚缸裡趴著一個人身魚尾的生物。

「天啊！真是美人魚！」對，就是他們經常在童話裡聽到的美人魚。那美人魚一頭烏黑的長髮披散在腰間，一身汙穢，身體痛苦地扭動著，魚尾巴不停拍打著魚缸，水花四濺。

一個兇神惡煞的大漢走過來，一把抓住美人魚的頭髮，將她的臉向圍觀的人群仰起。悠悠四人從未見過長得如此美麗的女子，她皮膚白皙，秀眉入鬢，鼻子小巧精緻，一雙大眼睛烏黑烏黑的，像水晶一樣透亮。

美人魚驚恐地看著圍觀的人群，眼淚大滴大滴地滾落下來。神奇的事情發生了。她的眼淚掉在地上，竟然變成了一顆顆珍珠。大漢手持托盤，彎腰拾起那些珍珠，捧到顧客面前，「上好的珍珠，鮫人眼淚現場化成，快點買啊！機不可失，時不再來！」

田田看到這殘酷的一幕，心中不忍。她問男孩，「這到底是怎麼回事？」男孩搖搖頭說：「不知道，我從未見過。」

大漢得意揚揚地介紹，「這是鮫人，生活在南海深處，她的眼淚可以變成珍珠。我可是花了大錢才買到的！」

「太殘忍了！」他們異口同聲說。

美人魚顯然已經被關了很久，她面容憔悴，嘴唇乾裂，身上傷痕累累。一看就知道，這個壞蛋為了得到更多眼淚，一直在虐待她。

小布丁氣得小臉通紅，跑上前去，一腳踢在大漢的小腿上，「你這個大壞蛋，快放了這個美人魚姊姊！」

大漢猝不及防，被小布丁一腳踢到小腿骨，疼得哇哇大叫。

「你這個小崽子，看我怎麼收拾你！」大漢兇神惡煞地向小布丁撲去。

悠悠見他來勢洶洶，一把將妹妹護到身後，賠笑說：「大叔，對不起，對不起。我妹妹年紀小，不懂事，您別跟她一般見識。這樣吧，這個美人魚我們買了，您要多少錢？」

大漢揉著生疼的小腿，冷笑道：「買了？說得簡單！」

「這個鮫人多少錢？我有錢！」田田朝大漢晃晃手中的貝殼袋子，氣鼓鼓地說。

「多少錢也不賣！這可是我的搖錢樹！」大漢狂笑道。

忽然，他上下打量起悠悠、田田和小布丁，「你們幾個穿著打扮這麼古怪，是從哪裡來的？」

大漢這麼一說，圍觀的人們顧不上看鮫人，反而把悠悠幾個團團圍住，不住地指指點點，交頭接耳。

男孩發現情況不妙，快點向悠悠和田田使個眼色，低聲說：「快走！」

第六章

棄兒

男孩帶著悠悠、田田和小布丁擠出人群，一路向東狂奔。他們穿過幾條街道，來到城東南角的一片住宅區。

「這是我家，今天你們就住這裡吧！」男孩指著幾間用泥和茅草造的房子說。

這哪兒是房子呀，簡直就是個大土堆嘛！土堆歪歪斜斜，牆上挖了兩個黑窟窿算是窗戶，門低低矮矮，個子高點的人得彎著腰才能進去。

「你們家也太破了，這能住人嗎？」悠悠咧著嘴一臉嫌棄。

「我不要住這裡，我要回家！」小布丁聽說要住在這裡，立刻抗議起來。

「是夠差勁的。不過，我原以為商朝人不是住在山洞裡，就是住在地窖裡呢。他們家還有房子，這很不錯了。」田田說。

男孩聽了他們的話，一臉不高興，「奴隸才住在地窖裡。我們家的房子可是剛蓋的新房，在城裡都是數一數二的呢。」

啊？原來這還是商朝的高級住宅！悠悠三人忍不住捂嘴直笑，心裡暗自慶幸，幸虧自己不是生活在商朝。

田田問：「這麼說，你不是奴隸？」

「當然不是。」男孩一臉自豪地說：「不過，我們也不是什麼貴族啦，就是普通平民。」

商朝人家裡什麼樣？悠悠、田田領著小布丁，迫不及待地跟著男孩進了屋。進屋一看，他們心裡涼了半截。屋裡一件家具都沒有，靠牆的地方有一個用泥磚壘起來的土檯子，檯子下面挖了個洞，裡面黑黑的，不知道塞著什麼東西，檯子上面鋪著一條茅草編的破席子。房子角落有個土坑，坑裡全是燒盡的柴灰，上面架著一口陶土做的鍋。

「這就是傳說中的家徒四壁吧？」悠悠看著這間破屋子，感慨地說。

田田向他使個眼色，小聲說：「你少說兩句吧！」

「你們說什麼？」男孩顯然沒聽過這個成語，一臉茫然。

悠悠快點岔開話題，拍著那個土檯子問：「這是做什麼的呀？」

「這是炕[1]呀！晚上躺在上面睡覺。」這些人竟然連炕都不認識，男孩有些驚訝。

「哦！我知道了，以前農家都睡土炕。這個洞裡能燒火，對吧？這就是傳說中的火炕。」田田恍然大悟，她在電視劇裡見過。

「對，對。我就說你們不會不認識嘛！」男孩說。

「這個黑乎乎的土坑是做什麼的？」小布丁不知道從哪兒撿了根小木棍，把屋子角落土坑裡的黑灰弄得到處都是。

悠悠快點跑過去制止，「哎喲，你別搗亂了。」

「嘿嘿，沒關係，」男孩笑咪咪的，並不在意，「這是做飯的地方。」

「你們在睡覺的房間裡煮飯，多嗆呀！」田田說。

「你這麼說好像是有點嗆。不過，大家都是這樣的呀！」男孩被田田問得張口結舌，不過又覺得，她說的話好像很有道理。男孩找出幾件自己的麻布衣服，遞給悠悠、田田和小布丁，不好意思地說：「這些衣服沒有你們的好看，不過還是換上吧，省得路人老是看你們。」

這也叫衣服嗎？明明就是麻袋上繫了個腰帶嘛！田田一臉嫌棄，不過為了不那麼引人注目，她還是勉為其難地換上了。小布丁可沒那麼懂事，她把麻布衣服扔得遠遠的，跺著腳說：「我不穿，我不穿！醜死了！」

悠悠拿出哥哥的威嚴，嚇唬她說：「快點穿上，要不然讓黑毛怪把你抓走！」

一提黑毛怪，小布丁不敢說話了，哭喪著臉把自己的洋裝脫下來，把破

1 中國北方地區各地用磚或泥坯在屋裡砌成的臥榻。下有孔道，與煙囪相通，可生火取暖。

麻袋套在了身上。衣服換好後，他們你看看我，我看看你，忍不住笑起來，還真像道地的商朝小孩呢。換好衣服後，小布丁一屁股坐在地上，從悠悠書包裡把剛買的耳鼠掏出來。這隻小老鼠通體白毛，眼睛黑溜溜的，一雙大耳朵足足有身體的三分之二大。她學著賣耳鼠大叔的樣子，將耳鼠的一隻耳朵用力一扯，耳朵陡然大了三倍，像一把小蒲扇一樣。大耳朵帶著耳鼠騰地飛起來，在空中原地轉起圈圈。小布丁覺得不對勁——別人的耳鼠飛起來自由自在，想去哪兒去哪兒，她的耳鼠卻跟瘸腿一樣，只會原地打轉。

「我們不會買了一隻瑕疵品吧？」小布丁抱怨道。

男孩伸手將原地打轉的耳鼠捧在手中，將另一隻耳朵也扯大，然後放手往空中一扔。耳鼠立刻找到了平衡，像一隻小風箏在屋裡飛起來。

小布丁拍著小手歡呼，「原來是我不會玩啊！」

小布丁跟耳鼠玩得不亦樂乎。男孩招呼悠悠和田田在一塊席子上坐下。

他用陶土做的小杯子幫每個人倒了一杯水。

悠悠學著男孩的樣子，跪坐在席子上。不一會兒，他就感覺雙腿發麻，忍不住在席子上扭來扭去。

「你們家沒椅子嗎？怎麼跟日本人一樣跪著呀！」他問。

「椅子是什麼？」男孩被悠悠問愣了，顯然他是第一次聽到這個詞。

「唐朝以後才有椅子，以前古代人都是像這樣跪著，少廢話！」田田白了悠悠一眼。

「沒有椅子？三千年前也太落後了。」悠悠心想，幸虧自己生活在現代社會，不但有椅子，還有沙發呢！想到這裡，他開始懷念起在家裡躺在沙發上，一邊吃冰棒一邊看電視的逍遙日子。

悠悠胡思亂想時，田田忽然想起，他們還不知道男孩叫什麼呢，便問：「你叫什麼名字呀？」

男孩說：「我叫棄，老師叫我棄兒。」

「氣兒？生氣的『氣』嗎？這名字好奇怪呀！」悠悠納悶道。

「不，不是那個字，是扔了的意思。」棄兒說。

「是拋棄的『棄』嗎？」田田問。

「對，就是那個字。」棄兒答。

「棄兒在我們烏雞國可不是個好名字啊！一般被爸爸媽媽扔掉的孩子才叫棄兒。你怎麼會叫這個名字呀？」田田問。

「因為我就是一個棄兒。」說到這裡，棄兒神色黯淡下來。

他用小木棍在地上寫了一個字：「這就是『棄』字。」

悠悠看到棄兒寫的字，心一下子提了上來。這不就是老爸的寶貝甲骨上刻的那種字嗎？悠悠的心怦怦直跳，看來很快就能破解甲骨文的祕密了。他忍不住摸了摸包包裡面的甲骨。

「你們看，這表示兩隻手把一個剛出生的小寶寶裝在簸箕裡扔了。」

悠悠和田田一看。這個甲骨文真具象。棄字最上面的那個剛出生的大腦袋寶寶，身上還帶著血跡呢！商朝人的習俗太殘忍了，已經超出了他們的想像。

「我的爸媽把我裝在籃子裡，扔進了樹林。後來莊老師撿到我，把我撫養長大，我並不恨他們。他們可能是迫不得已，但心中還是愛我的。」棄兒平靜地說。

沒想到棄兒的身世這麼悲慘，悠悠和田田聽完後，不知道該說什麼。棄兒卻並不那麼傷感，「其實我很幸運啦！如果不是老師收養我，說不定我就是個奴隸呢！」

正聊著，一個四五十歲的中年男人走了進來。他身材魁梧，臉上有一條駭人的傷疤，顯得面目猙獰，十分嚇人。中年人顯然沒想到家裡會有陌生人出現，看到悠悠、田田和小布丁時，神情淡漠的臉上抽搐了一下。

「他們是什麼人？」他邊冷眼打量悠悠三人邊問棄兒，語氣嚴厲極了。

棄兒像老鼠見了貓一樣，快點站起來，緊張地回答：「這幾位是烏雞國前來采風的使者。他們非常仰慕《山海經》，特來拜訪——在林子裡兩個毛民國人要抓徒兒，幸虧他們出手相救。」原來，他就是好心收養棄兒的莊老師，可看他兇神惡煞的樣子，一點也不像棄兒說的那樣心地善良、見義勇為。

棄兒介紹悠悠三人身分的時候，莊老師一直繃著臉，絲毫不感興趣。可當他聽到毛民國人幾個字時，眉頭一皺，眼中掠過一絲驚恐。

「毛民國人？他們為什麼要抓你？」莊老師追問。

「徒兒也不知道。」棄兒恭順地回答。

「後來那兩個毛民國人去哪兒了？」

「徒兒看他們磕頭賠罪，知道錯了，就把他們放了。」

「那兩個毛民國人知道你是誰家的孩子嗎？他們有沒有問過你的父母是誰？」莊老師緊張地問。

棄兒一臉疑惑地搖搖頭說：「沒有，那兩個毛民國人不會說我們的語言，自始至終沒說半句話。我看，他們不是專門來抓我的，大概是碰巧吧？」

莊老師搖搖頭，「沒那麼簡單。」

莊老師眉頭緊鎖，一副大禍臨頭的模樣，孩子們嚇得大氣也不敢出。

到底是誰要綁架棄兒？棄兒有什麼特殊之處嗎？莊老師那副天要塌下來的樣子讓孩子們既不安又生疑。

過了一會兒，莊老師煩躁地揮揮手說：「出去吧！記住，以後不要隨便帶陌生人回家。」

沒想到莊老師這麼不友善，田田感到自尊心嚴重受挫。

她，何田田，漂亮、能幹、功課好、嘴甜會看眼色，從來都是人見人愛、花見花開。家長、老師提到她，哪個不豎起大拇指稱讚，哪裡受過這樣的冷落。她氣哼哼地拉起悠悠，一邊往外走一邊說：「既然人家下了逐客令，我們別在這裡賴著了。走！」

棄兒見田田生氣了，追上來道歉，「對不起，對不起。莊老師不是那個意思，他大概聽說毛民國人要抓我，太擔心了……。」

田田大小姐脾氣一上來，誰都攔不住，她不搭理棄兒，頭也不回地往門外走。

「哎呀，天都這麼晚了，外面又有黑毛怪，不住這裡，我們住哪兒呀？」

悠悠最了解田田，她雖然脾氣大，但是膽子小，一提黑毛怪一定不敢亂跑。

果然，剛剛還氣勢十足的田田，一下子洩了氣。她忽然想起了什麼，自言自語道：「難道，在大集市上跟蹤我們的那兩個黑影是黑毛怪——那兩個毛民國人？」

悠悠和棄兒大吃一驚，異口同聲問：「什麼？大集市上有人跟蹤我們？你怎麼不早說呀？」

田田噘著嘴說：「一看見鮫人，我就忘了。其實我也沒看清楚到底是誰。悠悠一說黑毛怪，我忽然覺得有點像呢！」

「我早覺得那兩個毛民國人不簡單。他們假裝不會說話，其實從他們的眼睛裡可以看出，他們什麼都聽得懂。」棄兒說。

「那你為什麼還同意把他們放走呀？」悠悠和田田齊聲埋怨。

「我覺得你們說得有理嘛。我們商人的確不該隨便滅了他們的國，又把他們抓來當奴隸，再說我也沒受傷，以後小心點就是了。」

「莊老師聽到毛民國人，為什麼那麼緊張呀？」田田問。

棄兒眉頭緊鎖，若有所思道：「當初，很多毛民國人都被貴族收去當了打手，他們出來捉人，一定是受人指使，而且這個幕後黑手來頭不小……。」

「你是不是自作多情呀？大人物抓你做什麼？」悠悠不以為然。

「但願如此。」棄兒笑了笑，沒再往下說。

這時候，一直在院子裡跟耳鼠玩的小布丁跑了過來，拍拍圓鼓鼓的小肚子抱怨道：「悠悠，什麼時候吃飯呀？我都快餓死了。」

小布丁這麼一說，大家都覺得餓了。

棄兒說：「你們想吃什麼？我煮給你們吃。」

「麥當勞！」小布丁衝口而出。

坐在一旁的悠悠和田田差點暈倒，真該事先教育一下，三千多年前的商朝怎麼會有麥當勞？

棄兒莫名其妙地問：「麥當勞是什麼？」

悠悠想矇混過去說：「這個……那個……是我們烏雞國的特產，你們這裡沒有。這樣吧，你幫我們炒個番茄炒蛋吧！」說完，他朝田田擠擠眼，心想：「總算糊弄過去了吧？」

沒想到，田田不但沒有表揚他的機智，還在他大腿上狠狠掐了一把。「拜託，你閉嘴好不好？番茄原產於美洲，明朝才傳入中國，番茄炒蛋是清末才發明出來的。」

「什麼？連番茄也沒有？那你們平時都吃什麼呀？」悠悠吃驚地說。

棄兒完全不明白他們在說什麼，抓抓頭說：「我們吃粟、禾、黍、麥……。」

接著，棄兒就在屋子的一角架鍋、燒火，忙了起來。

小布丁不敢多嘴，她蹭到田田身邊小聲問：「田田姊姊，粟是什麼東西？」

田田說：「我也不知道。他做什麼，我們就吃什麼吧！千萬別多嘴，小心露餡。」小布丁點點頭，乖乖坐好。

不一會兒，一陣香氣飄來。悠悠迫不及待地打開鍋蓋往裡看，「原來粟就是小米呀！我還以為是什麼古怪的東西呢！」

幾碗小米粥下肚，四人心滿意足。田田問棄兒，「平常你都做些什麼呢？」

棄兒說：「我要上學啊。明天你們要不要跟我一起去學校看看？」

「什麼？還得上學？」悠悠驚訝地差點跳起來，腦袋搖得跟博浪鼓似的，「不去，不去！我不去！我每天上學還不夠？還跑到你們這裡來上學？」

模範生田田可樂了，拍手歡呼道：「好啊！明天我們就去你們學校參觀吧！有人不想去，就讓他自己在家熬小米粥。」

小布丁也跟著起鬨，「我也要去上學，我也要去上學！」

第七章

牆上有張臉

太陽下山後，月亮悄悄爬上枝頭。夜靜極了，不時傳來貓頭鷹的叫聲。悠悠、田田和小布丁躺在棄兒家硬邦邦的土炕上。這一天太神奇了！中午，他們還在家裡吃紅燒排骨，看了最喜歡的電視節目；晚上，竟然住在三千年前一個商朝朋友的家裡。這一切都是真的嗎？田田興奮得毫無睡意。

小布丁也在炕上扭來扭去，她倒不是因為興奮睡不著，而是忘了帶她的泰迪熊。

「悠悠，我沒帶泰迪熊……。」她推了推身邊的哥哥。

悠悠往旁邊挪了挪，不耐煩地說：「你多大了，睡覺還得抱著小熊？快點睡吧。」

「我想媽媽……。」

「你看，我說不帶你來吧，你偏要來……。」悠悠坐起身瞧著小布丁埋怨道。

這時，小布丁的眼淚在眼眶裡來回打轉。悠悠看著，心一下子軟下來。他把妹妹摟在懷裡柔聲安慰，「乖布丁，哥哥在，別怕！哥哥一直陪著你。」

小布丁緊緊靠在哥哥的懷裡，漸漸安靜下來，兩人一會兒便沉沉地睡著了。田田看著這一幕，心裡說不出的感慨。沒想到平時大大咧咧的悠悠，對妹妹還挺有耐心。有兄弟姊妹真好啊！

她躺在炕上，忽然聽到一陣哭聲隱隱傳來。那哭聲時斷時續，若有若無，好像就在耳畔，又好像遠在天邊。田田從炕上坐起來，四下張望，發現半個人也沒有。她壯著膽子問：「誰？是誰在哭呀？」

沒人回答。哭聲嗚嗚咽咽，時有時無。有時像男人，有時像女人，有時像小寶寶。月光透過土牆上的小窗洞照進來，把屋裡照得一片慘白。田田不由得打了一個寒顫，內心產生一股說不出的恐懼，但那哭聲好像有魔力一般，吸引著她從炕上站起來，慢慢走到窗前。突然，她發現窗邊的土牆上竟有一張痛哭的臉。

「啊！」田田用雙手捂住眼睛，失聲驚叫起來，可是她發現自己竟然喊不出半點聲音。

「別怕，我不會傷害你。」痛哭的臉說，語氣悲哀至極，讓人忍不住心生憐憫。田田透過手指縫隙偷偷瞄過去，看到牆上的臉似乎是個小男孩，他的眼淚大滴大滴地掉下來。

「你……你……你是人，還是鬼？」田田的聲音在顫抖。

「我只是一張臉。」

「你……你是誰的臉？」田田覺得自己快暈過去了，她緊閉雙眼，渾身發抖，「你想做什麼？你是怎麼到牆上去的？」

「我困在這裡兩年了，我也不想在這裡啊！」臉說著嗚嗚哭起來。

田田聽他哭得悲戚，心裡也說不出的難過，竟不由自主地睜開了眼睛。

「你別哭，你願意講講自己的故事嗎？」田田壯著膽子說。

臉平復了一下情緒，強忍住淚說：「我叫小鼠，我的爸爸是西北的羌方人。十年前，武丁率領大軍攻打羌方，爸爸是羌方軍隊中的一名小兵。他和戰友們跟隨羌方將軍奮力抵抗，苦戰了七天七夜，糧食吃完了，手裡的長矛也斷了，可是武丁的軍隊仍然源源不斷地攻上來。最後，城破了。將軍自殺殉國，爸爸這樣的小兵都被俘虜。爸爸成了商人的奴隸，被一路驅趕到殷。

「在這裡，他們沒日沒夜地搬石頭，挖護城河；女人們被分給貴族們做僕人，採桑、織布、摘果子；就連小孩子也要一刻不停地勞動。有一天，爸爸在清理護城河的時候，又餓又累，暈倒在水裡。當時，我媽正在河邊為主人洗衣服。她救起爸爸，遞給他一塊粟米餅。爸爸活了過來，他們倆也相愛了。

「後來，媽媽肚子裡有了我。爸爸說，媽媽懷孕的時候也要不停地勞動，身體很快垮了，我一出生她就死了。我從小就是一個奴隸，跟著爸爸做最苦最累的工作，住在陰冷潮濕的地穴裡，每天只能得到一點點食物。爸爸總是想盡一切辦法幫我弄吃的，但是我從來沒有吃飽過。

「不過，這些都不是最可怕的，至少我們還活著，我還有爸爸。我最擔心的是隨時有可能被選上做人牲。商人做什麼都要祭祀，祖先忌日要祭祀，打仗要祭祀，天不下雨要祭祀，發洪水要祭祀，蓋房子也要祭祀。每次祭祀，他們要殺好多牛、羊和奴隸，獻給上天和祖先。我的朋友們陸陸續續都死了，我好害怕，不知道什麼時候也會被當作人牲殺掉。

「兩年前，爸爸為了幫我找吃的，被森林裡的毒蘑菇毒死了。這世界再也沒有什麼好讓我留戀的了。那時，這裡正在蓋房子，我自告奮勇做了人牲，被埋在這座房子的下面。」

「什麼？他們把你殺死了？」田田早已淚流滿面，她沒想到世上竟有如此殘酷的事情，「他們——棄兒他們，竟然這麼殘忍！我能為你做點什麼嗎？」

小鼠說：「我壓在這裡好難受呀！你能把我的遺骨從牆角挖出來，埋到河邊嗎？這樣我就能和媽媽團聚了。」

田田用力點著頭說：「能，你放心吧！我一定幫你辦到！」

小鼠臉上悲傷的神情不見了，取而代之以微笑。他眨著眼對田田說：「姊姊，謝謝你，你是一個好人。」

月光下，牆上的小鼠微笑著，越來越淡，越來越淡，漸漸消失不見了。

田田跑上前，一邊摸著土牆一邊大喊：「小鼠！小鼠！你到哪兒去了？你別走！」她雙手在空中亂抓，一下子從床上坐了起來，原來是個夢。

悠悠被田田的驚呼聲吵醒，揉著眼睛坐起身問：「怎麼了？一大清早，嚇死人了！」

「我……我做了個噩夢！好可怕啊！」田田驚魂未定。

「是不是牆上有一張臉？」

「你怎麼知道？」

「他是不是叫小鼠？」

「你也夢見了？」田田大驚。

「我正聽他說悲慘遭遇呢，結果被你叫醒了！現在心臟還怦怦跳呢！」悠悠撫著胸口壓驚。

他們你看看我，我看看你，感到說不出的驚訝。二人跳下床，來到牆邊，上上下下找起來，可是牆上什麼都沒有。突然，身後傳來一陣尖利的哭聲。二人的心一下子提了上來，不由得抱作一團。小鼠又來了？

他們哆嗦著回頭一看……哎呀，原來是小布丁在哭，差點嚇死人。

她不知道什麼時候睡醒了，邊哭邊指著牆說：「臉！臉！」

難道小布丁也夢到牆上的臉了？悠悠快點把妹妹抱在懷裡，像媽媽那樣柔聲安慰道：「哥哥在呢！別怕，別怕！是不是做噩夢了？」

小布丁趴在悠悠的懷裡，拚命點頭，哭得更傷心了。

三人同時夢到牆上的臉，這一定有問題。田田與悠悠對視了一下，異口同聲說：「一定要去找棄兒問個明白。」

悠悠、田田和小布丁怒氣沖沖地來到棄兒的房間。棄兒早就起床了，正在屋子角落的廚房忙著做早飯呢！看見悠悠三人，他笑咪咪地迎上去說：「睡得好嗎？餓了吧？早飯馬上就好。」

「好什麼好！」悠悠兇巴巴地說：「你說，牆上的臉是怎麼回事？」

「牆上的臉？」

「小鼠，那個被你們殺害的小奴隸！」

「小鼠是誰？」棄兒被問傻了。

「不要裝蒜！他晚上託夢了。把一切都告訴我們了！你們到底殘害過多少奴隸？」悠悠和田田你一言我一語，連珠炮似的質問棄兒。

「到底是怎麼回事？」棄兒不知道他們在說什麼，急得眼眶都紅了。

田田這才把昨晚三人做了同樣一個夢的事說給棄兒聽。

棄兒聽完目瞪口呆，半天才結結巴巴說：「你們是說，這裡鬧鬼啦？」

「他不是鬼，他是小鼠，被你們壓在房子下面的小奴隸！」田田怒道。

商朝人蓋房子打地基時，的確會用奴隸和狗作為犧牲祭祀。殷的每一所房子下面都埋著人牲，王宮和城牆、城門下埋的人牲就更多了。不過，這都是棄兒聽說的，他從未親眼見過把人牲埋在地基裡的殘忍場面。

「這房子是蓋好後，我們才搬過來的，我也不知道奠基的時候是用誰祭祀的。不過這是我們商人的習俗。」

「什麼？」聽棄兒說得如此輕巧，田田都要氣炸了，「這叫什麼習俗？

野蠻，殘忍，沒人性！」

「沒想到你是這種人，我們還以為你是好人呢！」悠悠對棄兒失望透了。

見他們反應這麼激烈，棄兒有點不知所措。他結結巴巴地說：「大……大家都是這樣做的呀！」

「大家都這樣做，並不代表就是對的！奴隸也是人，他們也有喜怒哀樂，也有爸爸媽媽，也有權利生存下去！」田田激動得眼淚都快掉下來了。

奴隸也是人！田田的話，如醍醐灌頂一般震撼了棄兒。

以前，從來沒人對他說過這樣的話，他也一直把奴隸當作是如同牛、羊、狗、豬一樣的動物。對呀，他們也有喜怒哀樂，也有父母親人，他們也跟我一樣是活生生的人呀！棄兒被自己的想法嚇了一跳，他第一次發現自己竟然這樣殘忍。

「如果老師當年沒有收養我，被壓在牆下做人牲的可能就是我。」他慚愧地低下頭，喃喃地說。

「好了，別自責了！我們看看能為小鼠做點什麼吧。」田田看到棄兒痛苦的表情，不忍心再埋怨他了。也許他真的不知情，也許這一切都是那個疤臉的莊老師幹的！

棄兒一言不發，轉身回屋拿來一把鏟子，開始在房子的一角挖起來。挖了一兩公尺後，果然出現了一具幼童的骸骨。這具骸骨雙手被反綁在身後，身子蜷縮成一團。他們看著這具小小的骸骨都愣住了，好半天沒有人說一句話。

棄兒取出一個陶罐，把小鼠的骸骨裝殮起來。不知為什麼，悠悠、田田和小布丁一點也不害怕。他們也蹲下身，幫棄兒一起裝殮。他們捧著小鼠的納骨罈出了城。天還是那麼藍，一絲風也沒有，陽光照在護城河上，像撒落了一河的碎金子。河水清澈至極，隱約可見小魚、烏龜在水中悠遊嬉戲。河邊的草地上開滿五顏六色的鮮花。

多美啊！希望小鼠能在這裡安息，與親人團聚。他們在護城河邊挖了一個淺淺的小墳，把小鼠的納骨罈放了進去。

田田看著汨汨東流的河水，喃喃說道：「小鼠，現在你可以去找你的媽媽了。」

站在一旁的棄兒早已泣不成聲，他甚至有些羨慕小鼠。小鼠至少還能回到媽媽的身邊，而他連自己的媽媽是誰都不知道。

第八章

雀方進貢了

將小鼠安葬好，已經日上三竿了。

棄兒著急地說：「完了，完了，要遲到了！今天學校有大活動，老師說過不許遲到！」他邊說邊帶著悠悠等人往學校方向跑。

「等等，等等，小布丁怎麼辦？」悠悠拉住棄兒說。

「我怎麼了？」小布丁聽哥哥說到自己，不滿意地噘起小嘴。「杜老師要是看見我帶妹妹一起上學，一定會罵我的。」悠悠說。

「要不然，就讓小妹妹留在家裡跟耳鼠玩。」棄兒出主意說。

「我才不要一個人在家！」小布丁一聽他們要扔下自己，小腳跺得山響，「我也要上學，我都上一年級了！」

悠悠見小布丁要發作，立刻安慰，「好吧，好吧！帶你一起去，可是上課不許亂說亂動，要不然棄兒的老師就要把我們轟出去了！」

正打算發威的小布丁，一聽哥哥妥協了，立刻笑逐顏開，拍著胸脯保證，絕對不會搗亂。

他們一溜煙跑到甲骨文學校門口。甲骨文學校位於城市的中心地段，不遠處就是商王的宮殿。雖然與王宮相比，學校顯得十分樸素，但比起棄兒居住的那片平民區，還是雄偉多了。

學校的正中心，矗立著一座建在臺階上的大殿。大殿坐北朝南，三面有牆，看起來像個大戲臺，站在臺階下也能將殿內情景一覽無遺。大殿雖然也是茅草建築，但高大宏偉，氣勢不凡。

棄兒介紹說：「這是主殿，只有校長講學和重大典禮的時候才會用。這麼多年我一次都沒趕上。主殿右邊那片高大的房屋是占卜學院，後面是養殖場，旁邊那片比較矮的房子是攻治學院，主殿左邊就是我們的史學院。」

「學校裡還有養殖場？你在『屎學院』？你們是研究大便的嗎？」悠悠一臉壞笑問。田田也一頭霧水，書上從來沒寫過商朝還有什麼甲骨文學校，她決定放學後好好用《殷商旅行指南》查一查。

棄兒差點被悠悠氣暈，「什麼亂七八糟的，『史學院』不是『拉屎』的『屎』。『史』字上面是一個放竹簡的筆筒，下面是一隻手，意思是表示掌管文書記錄的人。我們史學院的學生學習把卜辭刻在甲骨上。」

悠悠似懂非懂地點點頭，小布丁插嘴道：「養殖場裡都養了什麼小動物？」

「小動物倒沒養，養了不少大動物，比如牛啊馬啊，占卜用的龜甲獸骨，有的是各方國進貢的，更多的還是由我們自己飼養所得。」

「啊？你們養動物，就是為了用人家的骨頭呀！」小布丁撇撇嘴，覺得商朝人太殘忍了。

不久，他們來到史學院教室的門口。同學們都已經坐好，莊老師見他們來晚了，怒目而視。棄兒大氣不敢出，拉著悠悠、田田和小布丁鑽進教室，在最後一排席地而坐。

莊老師用犀利的眼神掃視了一下全班說：「今天，四周方國的朝貢團將抵達殷。今年南邊雀方進獻了二百五十隻龜。接收龜是攻治學院負責的，但今年進獻的龜不但數量多，個頭也大，所以學校安排我們史學院的同學去攻治學院幫忙。」

一聽這話，同學們炸開來了，七嘴八舌地議論起來。

「攻治學院做的粗活，我們史學院的人怎麼能做呢？」

「那些龜又髒又臭，我們怎麼應付得了？」

「老師啊，以後這些龜甲都要刻上『雀入二百五十』，攻治學院他們來不來幫忙呀？」

「攻治學院那群人，哪會拿刻刀？別來找麻煩了……。」

大家越說越熱鬧，言語中充滿了對攻治學院的不屑。

悠悠悄悄問棄兒，「攻治學院是做什麼的？你們史學院的人為什麼這麼瞧不起他們呀？」

棄兒低聲說：「說來話長，有機會再解釋！」

莊老師咳嗽了一聲，教室裡立刻安靜下來。他威嚴地說：「學校的安排輪不到你們妄加評論，快點去攻治學院門口集合。」

看到老師發威，同學們不敢發牢騷了，一個個蔫頭耷腦地走出教室，排著隊往攻治學院門口走去，悠悠三人也快點跟在隊伍後面。悠悠、田田和小布丁興奮極了，特別是小布丁又蹦又跳，嘴裡不停歡呼，「我們要去看烏龜嘍！」

攻治學院門口站滿了人，單從人數看，至少比史學院多一倍。

棄兒說：「這不奇怪。甲骨文學校的四個學院——攻治學院、史學院、占卜學院、貞人學院，一個比一個人數少。貞人學院現在只有一個人，但是人數越少地位越尊貴。」

「攻治學院到底是學什麼的？」田田納悶地問。

「攻治學院的人，說白了就是屠夫。龜甲獸骨在刻卜辭前，需要先處理一下，這個工序叫作攻治。要先把背甲和腹甲鋸開，再鋸去腹甲兩旁凸出的部分，然後將腹甲的表皮去掉，把比較厚的部分磨平。這樣就能讓龜甲變得更加光滑，容易刻字。攻治完成後的龜甲，才會送到我們史學院。史學院的人認為攻治學院都是做粗工的，所以看不起他們。」棄兒說。

「哎喲，你們刻字的就很高貴嗎？占卜學院、貞人學院的人不是照樣看不起你們嗎？」

田田的話一下子戳中了棄兒的痛處，他尷尬地笑了笑。占卜學院的人的確看不起史學院的人，而貞人學院的那位學生，他們連見上一面都沒資格。

說話間，一身短衣打扮的雀方使者，帶著他們的貢品從遠方走來了。走在最前面的是大象隊伍，一個雀方人坐在領頭的大象背上，後面的大象用鼻子挽著前面大象的尾巴，一個接一個串成一串，邁著四方步緩緩而來。

「大象！大象！」悠悠和小布丁指著大象興奮地大叫。

田田白了悠悠一眼說：「別那麼沒見識好不好？大象有什麼新鮮的，動物園裡沒見過呀？」

她問棄兒，「書上寫，殷附近也出產大象，為什麼還要人家進貢呀？」

棄兒說：「雀方的大象生得高大，王坐在上面更氣派。」

悠悠心想：「怪不得象棋裡有『馬走日，象飛田』，原來古時候這裡真有大象啊！」

大象隊伍走過之後，龜緩緩登場了。棄兒告訴他們，雀方這次最主要的貢品就是龜。

史學院的學生們只會搖筆桿，說起處理烏龜還是攻治學院的大個子在行。只見他們三下兩下就將一隻龜翻過來，一人拽著烏龜頭，一人手起刀落就了結了烏龜的性命，另一人端著大陶盆將噴湧而出的龜血接住。血放乾後，死龜就可以搬到庫房等待脫殼了。

史學院的學生不會宰殺烏龜，只好負責扛死龜的工作。他們個個汗血滿身，狼狽不堪。在學校地位最低的攻治學院的同學們大顯神威，他們乾淨俐落的身手贏得了圍觀者，特別是女孩子的傾慕，現場不時發出叫好和讚嘆聲。

田田一開始還看得興致勃勃，可是看到那麼多無辜的龜稀里糊塗地走向死亡，殷紅的鮮血在地上匯成小河，不禁難受極了。

她拉拉悠悠的袖子說：「我們出去走走吧！血腥味薰得我快吐了。」

小布丁也跑過來，一臉不開心地說：「悠悠，這些龜太可憐了，能不能跟他們說說，不要再殺烏龜了？」

「這麼血腥的場面，太不適合你們了。我們還是出去透透氣吧！」悠悠一手一個，牽著她倆走出了宰龜棚。

田田和小布丁悶悶不樂，殷的老百姓卻一個個呼朋引伴，看得興高采烈。

「瞧瞧他們，害死了那麼多烏龜，還興奮成這樣。棄兒今天也忙得特別起勁。商朝人是不是都很殘酷啊！」田田一邊走一邊嘟囔。

「保護野生動物的理念，就算跟商朝人說了，他們也不懂。你也別怪棄兒，他從小就在這樣的環境裡長大，認為這些都是天經地義。跟我們看見蟑螂就想踩一樣。」悠悠倒是挺想得開，一直開導她們。

進貢隊伍源源不斷地從城外進來，這次雀方國進獻的龜真多，都兩個多小時了，小車還是沒有盡頭。沿途不少看熱鬧的百姓朝龜指指點點。看起來殷平時沒什麼娛樂活動，每次方國進貢大家都像過節一樣開心。

忽然，人群中傳來一陣騷動。有人喊：「快看！雀方人抬過來一個怪物！」

「這是魚精吧？不對，是水妖！」

「哎呀，大尾巴還在動呢！」

只見進貢的隊尾，一個人被抬了過來。他上身赤裸，兩臂平舉，一頭烏黑的長髮披散下來，像耶穌一樣被綁在十字架上。悠悠三人隨著人流跑到近前一看，大吃一驚——那人下半身不是雙腿，竟然是條大魚尾。

「鮫人！」悠悠、田田和小布丁脫口而出。

聽到有人認出他，鮫人緊閉的雙眼突然睜開了。他怔怔地看著悠悠三人，眼神中充滿了憤怒和幽怨。悠悠、田田和小布丁嚇了一跳，沒想到鮫人能聽懂他們說的話。這鮫人長得可真英俊呀！他劍眉朗目，身材健碩而勻稱，顯然是名男子。可能由於長期缺水，他神情委頓，魚尾上的鱗片乾得都要裂開了。

小布丁說：「童話裡的美人魚不都是漂亮姊姊嗎？沒想到還有男美人魚呀！」悠悠和田田也是第一次見到男美人魚。

田田說：「可不是嘛！你看他好像快要渴死了。雀方人真可惡。我們去弄點水來吧！」

三人撥開人群，到路旁人家討來一罐清水。這時，進貢的隊伍停了下來，圍觀者將鮫人圍得裡三層外三層，亂作一團。看守鮫人的雀方兵一邊不耐煩地驅趕人群，一邊不停地用袖子擦汗。

田田見他焦渴難耐，笑咪咪地遞上一碗水問：「大哥怎麼不走了？」

雀方兵見有人送水，樂得合不攏嘴，邊道謝邊說：「龜太多，小少爺們殺不過來，要我們等一等。」

悠悠聽雀方兵稱呼甲骨文學校的學生們小少爺，直笑，「小少爺？那我們也是小少爺了？」

雀方兵得知他們是甲骨文學校的學生，神情立刻恭敬起來。

悠悠藉機打聽，「這條大魚看起來不像龜嘛。」

「他當然不是烏龜。」雀方兵被他的話逗笑了，藉機炫耀起來，「他是鮫人，是我們在大海深處捉到的。鮫人游得比海豚還快，他們的歌聲會讓水手們神魂顛倒，所以在海上遇到鮫人一定是九死一生，活捉鮫人更是想都不敢想的事。不知這個鮫人那天怎麼昏了頭，居然被捉到了。據說，鮫人的眼淚可以化為珍珠，我們的王特意命我們將他獻給武丁王。」

「你們為什麼綁住他呀？鮫人離開水，不會乾渴而死嗎？」田田問。

「這鮫人力大無窮，我們十幾個人都不是他的對手。為了防止他逃走，白天趕路的時候，我們把他綁起來，晚上安營紮寨後，再把他放進水缸裡緩緩。放心吧！他很強壯，乾一天死不了。沒有水，他就沒力氣逃了，哈哈哈！」

田田心裡暗罵，這些缺德的臭雀方兵！不過，表面上她還裝著笑咪咪的樣子說：「我看他快渴死了，要不我們給他一點水喝吧！當真死了，就沒法獻給王了。」

雀方兵說：「那可不行。他喝完水有了力氣，逃跑了怎麼辦？」

悠悠說：「大哥，你真會開玩笑。這周圍都是陸地，沒有水，一條大魚能跑到哪兒去？他又沒長腿。」

雀方兵覺得悠悠說得有理，便說：「小少爺們心善，那你們就賞他一點水喝吧！」

悠悠和田田拎著水罐，手腳並用爬上運鮫人的囚車。小布丁也想上去，可是她個子小，試了幾回沒爬上去。

她舉著小手說道：「悠悠，悠悠，我也要上去！」

悠悠看她著急的樣子，壞笑道：「你還是在那裡乖乖等著吧！」

見悠悠和田田沒有拉自己上車的意思，小布丁氣得直跺腳。悠悠、田田不理她，提著水罐來到鮫人面前。鮫人見到水，原本失神的眼睛裡閃出求生的光芒。他把脖子伸得老長，恨不得一頭扎進水罐裡。可是他被綁得太結實了，一點也動彈不得。悠悠踮著腳，把水罐遞到他的嘴邊。鮫人咕咚咕咚一口氣喝了個精光，臉上終於有了生氣。他舔舔嘴唇，小聲說了句：「謝謝。」

鮫人會說話！悠悠和田田喜出望外，他們原以為鮫人跟魚差不多，沒想到他還會說人的語言。

田田問：「你是男生嗎？我們以為鮫人都是女生呢！」

「你們見過女鮫人？」鮫人的眼睛瞬間亮了。

「對呀，前兩天在大集市上，有個缺德的大鬍子在虐待一個女鮫人，讓她流眼淚，好賣眼淚變成的珍珠呢！」悠悠說。

「她在哪兒？帶我去找她！」鮫人一聽這話痛苦萬分，身體扭動著，像要掙脫十字架的束縛一樣。

悠悠和田田嚇了一跳，快點安慰道：「你別激動，你別激動！你認識那個女鮫人嗎？」

「她叫泣珠，是我的妻子。我就是聽說她被人綁架到殷商，才故意讓雀方人捉住帶來這裡的。她在哪裡呀？」鮫人的眼睛像要噴出火來。

「我們也不知道。後來我們再也沒見過她。」悠悠說。

「我要去救她！幫幫我，幫幫我！」鮫人一邊哀求，一邊拚命掙扎。

這時，囚車又動了起來。雀方兵對悠悠和田田說：「兩位小少爺，請下來吧！我們要出發了。」悠悠和田田只好跳下車。

鮫人絕望地看著他們喊道：「我叫伯融，如果你們再看見泣珠，一定要告訴她，我來找她了……。」

圍觀的人們聽到鮫人說話，頓時興奮起來，嘰嘰喳喳地議論著，「鮫人說話了！鮫人說話了！」鮫人淒厲的求救聲，很快便淹沒在鼎沸的人聲中。

「他太可憐了！我們想想辦法吧！」田田看著悠悠，眼裡全是淚水。

小布丁也被這悲慘的一幕嚇壞了，附和道：「我們救救他吧！我們救救他吧！」

女孩子就是看不得人家受苦，遇到這樣的場面就受不了。悠悠忽然覺得自己成了她們的依靠，渾身充滿了責任感。他安慰道：「別急！我們去找棄兒想想辦法。」三人向宰龜棚跑去。

第九章 甲骨文學校

三人回到宰龜棚時，接收烏龜的工作已近尾聲。棄兒滿身汗血，氣喘吁吁，見他們從外面跑回來，沒好氣地說：「你們上哪兒偷閒去了？我都快累死了。」

田田問：「放學了嗎？今天還有別的事嗎？」

「沒事，可以回家了。等攻治學院的人把龜甲加工好，我們就可以刻字了。」棄兒擦著汗說。

「快點走，我們有話問你！」悠悠和田田一左一右，架著棄兒往宰龜棚外走。

棄兒不知道他們有什麼急事，邊走邊說：「我這一身血，得去河裡洗一洗吧？」三人見棄兒確實髒得看不出人樣了，便跟他來到河邊。

「什麼事那麼著急啊？連澡都不讓人好好洗！」棄兒泡在河裡抱怨。

「我們看見雀方人進獻了一個鮫人，還是個男的。」

「他跟我們上次在集市中看見的那個女鮫人是夫妻。他是為了救她才來的。」

「雀方人不給他水喝，他都快要渴死了。」

「我們必須找到他們，要不然他們會死的……。」

悠悠、田田和小布丁，三人你一言我一語，迫不及待地將偶遇鮫人的事告訴棄兒。雖然他們說得支離破碎，不過棄兒大致聽懂了。

「鮫人還有男的？我可是第一次聽說！他的眼淚也能變成珍珠嗎？」棄兒插話。

「不知道。他都快要渴死了，哪裡還流得出眼淚來呀。」悠悠說。

「哎呀！別扯那些。說說看我們要怎麼救他吧？」田田催促。

棄兒想了想說：「既然雀方人說要把男鮫人獻給王，那他現在多半已經在王宮裡了。倒是女鮫人，自從大集市後，再沒出現過。不過，買得起珍珠的人都住在殷，我想那個大鬍子不會走遠。鮫人離不了水，他很可能把女鮫人關在附近的池塘或者湖裡了。」

棄兒雖然跟悠悠和田田差不多大，但是頭腦冷靜，思路清晰，分析起來頭頭是道。

悠悠問：「殷附近有幾個池塘呀？我們現在就去找！」

「也就百八十個吧！」棄兒一邊擦著身上的水，一邊漫不經心地回答。

「什麼？這麼多！」剛剛還信心十足的穿越小隊立刻洩了氣，「等我們找到，她都變成鮫人乾了吧？」

「別擔心，讓耳鼠幫我們找。」棄兒掏出一隻耳鼠，在牠耳邊嘀咕了幾句，然後用力扯牠的耳朵。耳鼠的耳朵陡然變大，大到如同兩把蒲扇。棄兒一鬆手，耳鼠像風箏一樣飛走了。悠悠、田田和小布丁仰頭張望，只見耳鼠越飛越遠，越飛越遠，最後變成一個小黑點不見了。

「你跟牠說什麼啦？」小布丁好奇地問。

「我叫牠幫我們找鮫人呀！」

「你的耳鼠怎麼這麼聽話呀？我的耳鼠連飛都飛不好。」小布丁羨慕地說。

「你要訓練牠，給牠好吃的，跟牠說話。像你那樣整天把耳鼠的耳朵扯來扯去，遲早會把牠的耳朵扯下來。」

小布丁撇撇嘴不言語了，決心回去後好好跟自己的耳鼠聊天，向牠道歉。

接下來的幾天，悠悠三人每天都跟著棄兒去上學。沒想到甲骨文學校的課程多得要命，從早到晚比他們小學還忙。模範生田田高興極了，每天興致勃勃地跟著棄兒奔走於各個教室，上課上得不亦樂乎。穿越了三千年還不忘用功學習，悠悠覺得模範生的世界真是無法理解。

甲骨文學校的課程安排以十天為一週期，稱為一旬。一旬中，他們要上三次舞蹈課，三次音樂課。舞蹈課在學校北面的空地（相當於操場）上，老師是全校長得最帥的男神——山老師。每次上課，山老師都會穿上隆重的禮服，戴上滑稽的尖帽，神情莊重地出現在同學們的面前。每當看到山老師這副打扮，還拿著兩根牛尾巴跳來跳去，悠悠就忍不住想笑。

小布丁跳得非常起勁。最近，她一直在央求媽媽報名舞蹈班，可媽媽總是說：「太貴，太貴！跟著電視跳跳就好了！」但跟著電視學怎麼能成舞蹈家？媽媽就會糊弄人！小布丁的肺都要氣炸了。這下可好了，有老師免費教她跳舞，還拿著這麼漂亮的道具，她開心死了。

「你呀，還不如你妹妹識貨。」田田揶揄悠悠，「這可不是一般的舞蹈。這是祭祀時跳的舞，非常嚴肅。《論語》裡有句話：孔子謂季氏：『八佾舞於庭，是可忍也，孰不可忍也。』說的是季氏在祭祀的時候，擅自使用天子才有資格用的八佾舞。孔子知道後罵他：『這都能忍，天下就沒有不能忍的事了。』」

原來「是可忍，孰不可忍」的典故出自這裡呀！跳個舞而已嘛！怎麼會把孔子氣成那樣？沒想到古人對舞蹈那麼重視，悠悠吐吐舌頭，再也不敢瞎鬧了。

音樂課由挺著將軍肚的韋老師教授，他中氣十足，吹奏起來，站在學校外面都能聽到。每次上課，韋老師都陶醉在自己的獨奏中，學生們卻心不在焉地敷衍著。悠悠平時在學校管樂隊吹黑管，一眼就能看出誰濫竽充數。

最能裝的就是站在棄兒身邊的兮。悠悠從來沒見過像兮這麼瘦的人，他長得如同一根竹竿，彷彿一陣風就能吹走。兮拿著樂器，搖頭晃腦地比畫，一看就沒用力。

「我這麼瘦，哪兒有力氣吹奏呀？比畫比畫就行了。」說起自己濫竽充數的事，兮總是振振有詞，「再說音樂舞蹈都是副科。祭祀的時候有專門的樂隊和舞蹈隊，不用我們跳舞奏樂，學那麼認真做什麼？」

什麼？甲骨文學校也分主科、副科！悠悠感覺好像回到自己的小學了。他經常在音樂課、體育課、美術課上補國文作業。這些都是副科，那什麼是主科呢？

「對於我們史學院來講，當然是契[2]刻學了。」兮搖頭晃腦地說。

第一次上契刻學，悠悠就發現，這是大家最不喜歡的一門課。教契刻學的老師刃，是殷商有名的契刻大師刀的獨子。據說，刀大師的契刻技藝出神入化，刀刀到位。一篇卜辭別人要刻一天，他只要一個時辰就刻好了，而且字體非常優美。不過，他的兒子刃卻不怎麼靈光。雖然得到父親真傳，自己練習也非常刻苦，但總是笨手笨腳，顧此失彼。有一次，他用力過猛，將一片上好的甲骨刻成了兩半，從此就再也無緣進宮為王室服務了。

因為他父親的威望，學校安排刃做了契刻老師。刃老師說話結結巴巴，抓不住重點。他在課堂上絮絮叨叨講半天，大家就是不明白他要說什麼。每當同學們用迷惘的眼神看著他，他便會火冒三丈，用教鞭啪啪啪地敲打牆壁，喊道：「你們簡直要氣死我啦！」

說不清楚，刃老師只好親自動手示範。可是一動刀刻骨，他十回有八回會把自己的手劃傷。刃老師手上布滿了各種傷痕，舊傷剛好又添新傷。同學們暗地裡取了外號——九指，意思是說他早晚要把自己的手指頭刻下來。

史學院的學生們還沒資格刻正式的卜辭，他們通常都是在占卜用剩的龜甲獸骨上刻字練習。刻字讓在家從未動過刀的悠悠苦不堪言。上課沒幾天，他已經在手上戳了兩個傷口，刻壞的甲骨更是數不勝數。連田田這個模範生

2　契古同鍥，用刀刻。

都抱怨，「拿刀刻字太費力了，還是鉛筆好用，寫錯了還能擦掉。」小布丁呢，就只有觀摩的份兒。

「別抱怨了，苦差事還在後面呢！」棄兒一邊飛快地刻字一邊說。

方國進獻的龜甲在正式刻卜辭之前，都要在邊緣刻一行小字，記錄這批甲骨由誰進貢的。這次雀方進貢龜甲，全都要刻上雀入二百五十。意思是說，這些龜甲來自由雀方進貢的二百五十隻龜。這幾天，被攻治學院加工好的龜甲，已經陸陸續續送到史學院。看著成堆的龜甲，三人有種想哭的感覺。

第十章

王子，真的是王子啊！

沒想到三千年前當學生這麼辛苦。悠悠決定回學校後，再也不抱怨老師天天要他背算式了。其實，上課還不是最崩潰的，最崩潰的是他們已經連續吃了四天龜肉。三人一開始還覺得滿新鮮的，可是再好的東西，也沒辦法天天吃。沒幾天，他們就開始反胃了。

這天還沒到中午，學校裡就瀰漫起燉龜肉的味道，田田不禁一陣陣反胃。果然，午飯又是燉龜肉。「這樣的日子什麼時候才能結束呀！」田田看著碗裡的龜肉，哭喪著臉說。悠悠也把碗推得老遠。就數小布丁鬼靈精。她在穿越的時候，偷塞了好多餅乾在口袋。每到中午，她就一個人躲到牆角偷偷吃餅乾。

棄兒非常滿足，覺得他們三個身在福中不知福，有肉吃還不高興？每次方國進獻烏龜，都是甲骨文學校最隆重的節日。運氣好的話，可以吃上一個月龜肉，這比他們平常一年吃的肉還多！

對悠悠三人來說，吃這種東西簡直是在受刑。可沒想到，這麼難吃的東西居然還有人搶——龜湯剛端上前，幾道黑影從牆角躥了出來。

「野小子，你欠我的錢什麼時候還？快把肉給大爺端過來，我們就算兩清了！」為首的人手裡拎著一根手臂粗的木棍，臉上露出奸笑，看年紀跟悠悠差不多。這個虛張聲勢的小壞蛋倒不怎麼嚇人，可他身後站著的兩個黑鐵塔，著實嚇了大家一大跳：毛民國人！

棄兒也有些吃驚，「原來這兩個毛民國人是你的手下！」

壞小子說：「少廢話，快還錢！」

「誰欠你錢了！快閃開！否則我對你們不客氣！」棄兒毫不示弱。

「就憑你還敢對我們不客氣？今天就讓你見識見識我們占卜學院的厲害！」壞小子玩著手中的木棍，目露兇光。

「你們這群惡霸，天天騷擾我們史學院，今天我跟你們拚了！」棄兒死死盯著那小子，眼睛裡像要噴出火來。

占卜學院與史學院的矛盾由來已久。聽棄兒說，占卜學院的學生都是貴族出身，打心眼裡看不起史學院和攻治學院的平民子弟，一有機會就來欺負他們。特別是聽說棄兒是莊老師從樹林裡撿來的孩子後，更是三天兩頭找他麻煩。

「哈哈哈！」為首的壞小子張狂地笑起來，「你說對了，我們就是惡霸，欺負的就是你！」

「豐少爺，別跟這野小子廢話！我們早想教訓教訓他了！上吧！」兩個毛民國人說得字正腔圓。

小布丁驚訝地說：「你們這兩個黑毛怪還會說話呀！當初裝什麼都聽不懂，真壞！」

毛民國人根本不理會他們說什麼，一下躥上來，把他們團團圍住。田田和小布丁嚇得直發抖，躲在悠悠身後，「你用彈弓打他們呀！」

悠悠哭喪著臉說：「我沒帶呀！」其實，他不好意思說，即便身邊有彈弓，一下子也對付不了那麼多人。

「史學院的兄弟們快來幫忙呀！」悠悠向不遠處的同學們揮手大喊，想多拉點幫手。可是，史學院的人躲得老遠，探頭探腦地往這邊張望，沒半個人挺身而出。

「這幫人在攻治學院面前倒是挺威風，現在都成了縮頭烏龜！」悠悠心中暗罵。看來今天被揍在所難免，只是寧可自己多挨兩下，別打到田田和小布丁。千鈞一髮之際，一匹高頭大馬衝了過來，擋在幾個壞小子前面。騎馬的是一個眉清目秀的少年。棄兒和壞小子見到來人吃了一驚，連忙跪倒在地，一邊磕頭一邊喊：「王子殿下。」

王子！一聽這兩個字，田田雙眼直放光。她平時沒少看王子公主的童話故事，沒想到今天見到了真正的王子。王子真像童話裡說的那樣，英俊瀟灑，氣宇不凡，坐在馬上自帶一股不怒而威的氣勢。

田田正在胡思亂想。王子說話了，「豐，我要是再看見你欺負人，一定要你好看。」

為首的壞小子原來叫豐，他面如土灰，磕頭如搗蒜。王子雲淡風輕地說完，看都沒看眾人一眼，策馬揚鞭，絕塵而去。豐如蒙大赦，帶著小嘍囉連滾帶爬地跑了。史學院的學生看見一向趾高氣揚的占卜學院學生狼狽逃竄，像打了勝仗般歡呼起來。

田田迫不及待地問棄兒，「他是什麼王子？」

棄兒說：「他是王的兒子——躍。我以前聽說，王子是貞人學院唯一的學生，不過今天才第一次見到。他真是氣宇不凡啊！」

「他太帥了，一看就不是一般人。」田田顯然已經成了王子的粉絲，直到下午上課，都還不停地說著王子這個王子那個，聽得悠悠心裡一陣陣犯酸。

下午是莊老師教的文字學。文字學的課堂氣氛與契刻學完全不同，莊老師往教室門口一站，同學們立刻安靜下來。他用犀利的目光掃視了一下全班，每個同學都不由自主地挺直身體，生怕被老師挑出毛病。棄兒更是如履薄冰，半點紕漏都不敢出。可能因為他是老師養子的原因，莊老師對他的態度更加嚴厲。

「黃帝的史官倉頡，看到靈龜背上的花紋後心有所悟，日觀天地萬物生長，夜觀星辰日月運行，觀察山川、河流、飛鳥、走獸，苦思多年終於發明了文字。他創造出文字的那天，天空中下起粟雨，晚上傳來鬼哭。這說明什麼？

「說明倉頡造字是一件驚天地泣鬼神的偉業。掌握文字，我們才能掌握歷史，掌握天地運行的法則，掌握一切知識。我說這些不是為了講故事，而是想告訴你們掌握文字是一件高貴的事情。文字是由史官發明的，以後你們都將成為史官，你們將書寫歷史，也將創造歷史——但首先我要確定你們不是笨蛋，而且夠努力。」

莊老師一番開場白後，全班鴉雀無聲。大家心裡明白，每當莊老師演講後，都要進行血腥的考試。答不上來的人，不但會當著全班的面出醜，還有可能被逐出史學院，轟到攻治學院去。史學院的學生仗著自己地位比攻治學院高，平時都在欺負人家，一旦史學院的學生被淘汰到攻治學院，那下場可就慘了。攻治學院的人會把怨氣都發在他的身上。簡直是生不如死！所以每逢考試，學生們就嚇得渾身發抖。

抖得最厲害的人是坐在棄兒身邊的一個大胖子。可是，怕什麼來什麼，莊老師第一個就點到他，「大烏！三個火擺在一起是什麼字？」

「焱！」

「什麼意思？」

「大火！」

「一個人站在火裡是什麼字？」

「是……是燙。」

「不對！」

「焚。」

「不對！」

「死！」

「不對！明天你可以去攻治學院報到了。」

「老師，再給我一次機會吧！」大烏撲倒在莊老師腳下，號啕大哭。

悠悠、田田和小布丁頭一回見識這種場面，嚇得目瞪口呆。下課以後，悠悠悄悄問棄兒，「一個人站在火裡是什麼字呀？」

棄兒說：「赤，紅色的意思。」

他邊說邊在地上寫了一個赤字。小布丁湊過來仔細瞧了半天說：「這不是一個人站在火裡，這是蛋殼裡孵出一個人！」

大家笑得前仰後合，都說：「還是小布丁有想像力。」

小布丁說：「這些字跟圖畫一樣，我一看就記住了。要是我們學的字也像這些字一樣好玩，就好了！」小布丁今年上一年級，寫字成了她的噩夢。不知道腦袋裡哪根筋搭錯了，她總是把字寫顛倒，比如休字的人字寫在右邊。每次遇到這種情況，媽媽都會戳著她的腦門說：「是不是生你的時候，護士太用力，把你的腦袋夾壞了？字怎麼都是反的呀？」

棄兒卻覺得這根本不是問題。人在左邊在右邊，有什麼關係？反正都是那個意思嘛！悠悠也發現，棄兒他們刻字，別說偏旁部首經常時左時右，就連單字都常常顛倒。

「怪不得國家博物館收藏的『司母戊鼎[3]』，現在改名叫『后母戊鼎』了！原來『司』、『后』在甲骨文中是同個字呀！」田田恍然大悟。

小布丁羨慕地說：「商朝的老師真好，怎麼寫都可以，不像媽媽老說我腦子被夾壞了。」

小布丁的話把大家逗得哈哈大笑。不過，悠悠和田田真心覺得商人的學校很殘酷。別的不說，一道題答不上來立刻開除，這就夠讓人崩潰的。

棄兒說：「那有什麼辦法？只有貴族出身的人才能上占卜學院和貞人學

3 后母戊鼎，或稱司母戊鼎，是商代後期王室祭祀用的青銅方鼎。因其鼎腹內壁著有銘文「后母戊」三字而得名。

院，平民子弟學得再好，最多也就只能進史學院，名額有限，競爭非常激烈。每年攻治學院的前三名都能升進史學院，史學院的最後一名隨時都會被淘汰到攻治學院。」

悠悠不以為然，「大家為什麼都要擠破頭上甲骨文學校呀？殷那麼多小孩都不上學，整天無憂無慮地玩，多好。」

「不上甲骨文學校的小孩，長大後可能會去當兵。打仗要是輸了被對方俘虜，就成了奴隸。」

一想到小鼠的悲慘遭遇，穿越小隊倒吸了口冷氣。沒想到在商朝功課不好的後果這麼嚴重呀！在莊老師的課上，田田找回了模範生的狀態。每次上課她不但聽得聚精會神，還不停地在隨身帶來的小本子上寫啊記啊。

悠悠安慰田田，「你別那麼緊張嘛！萬一被淘汰了，大不了拍拍屁股回家，不會讓你去攻治學院受氣的。」

田田白了他一眼說：「你以為我是怕被淘汰呀？我們穿越過來，不是為了破譯甲骨文的祕密嗎？不好好學怎麼知道你爸爸那塊甲骨上寫的是什麼？再說，現在認出一個甲骨文，獎勵十萬[4]。我們多學點回去就發財了！」

「還有這種好事？」悠悠一聽，興趣來了，「甲骨文一共有多少字？」

「考古學家目前發現了六千多個字吧！」

「已經認出多少字了？」

「大概一千五百多個字吧！」

這道數學題悠悠還是會算的。他驚嘆道：「要是把這些字都學會了，那我們就成了大富翁啦！」

田田看他那副財迷的樣子，笑得前仰後合。不過從那天起，悠悠上文字

4 中國文字博物館宣布，將公布第一批尚未釋讀的甲骨文，能準確釋讀並獲專家認證的，一個字獎勵人民幣十萬元（約四十四萬元新台幣）。

學比田田還認真，莊老師講的每一個字他都認認真真地記在自己的小本上。說來也怪，上了好幾天課，悠爸甲骨上刻的字一個也沒講到。

悠悠和田田本打算直接拿去問莊老師，可是一看莊老師那張大疤臉和橫眉冷對的眼神，他們又縮回來了。

這塊甲骨上寫的到底是什麼呢？為什麼會帶他們穿越回到三千年前的商朝？這裡面一定藏著什麼祕密！一個驚天祕密！

第十一章

祕密差一點就揭開了

這幾天，悠悠和田田發現棄兒總是鬼鬼祟祟的。午休時，他經常一個人偷偷溜出教室，一會兒又神不知鬼不覺地回來了。

悠悠和田田問他，「你到底在幹麼啦？」

他總是躲躲閃閃地說：「沒事呀！上廁所……。」一個人怎麼會有那麼多尿？棄兒一定有祕密。

這天吃過午飯，悠悠、田田和小布丁在教室裡打瞌睡，棄兒又躡手躡腳地溜出去了。棄兒剛出門，悠悠和田田就睜開眼，心照不宣地交換一下眼神，跟了出去。只見棄兒沿著牆邊一路小跑，轉了幾個彎，來到學校養殖場旁邊堆草的空地。他四下張望一番，然後啪啪啪啪拍了四下。掌聲未落，一個小人從草垛後面探出頭，一對大得離奇的耳朵垂到胸前。

「大耳，快來！」棄兒親熱地朝他招招手。

大耳朵蹦蹦跳跳地從草叢後面跑出來。悠悠和田田從未見過長相這麼奇怪的人。皮膚黝黑，瘦小乾枯，單薄的肩膀上頂著一顆大腦袋，兩隻長長的耳朵耷拉在兩邊，像兩隻空布袋垂在前胸。大耳朵光著上身，只穿了一條骯髒的小短褲，一副可憐巴巴的模樣。

棄兒從懷裡掏出一塊粟米餅遞給他。大耳朵像三天沒吃飯一樣，狼吞虎嚥地啃起來。棄兒撫摸著他的大耳朵溫和地說：「慢點吃，慢點吃，別噎著了。」

大耳朵邊吃邊對棄兒親暱地笑。吃完餅，他擦擦嘴，從短褲裡摸出一塊白色骨片，塞到棄兒的手裡。

棄兒說：「我不是告訴你不要再偷卜骨了嗎？讓他們發現，會打死你的！」大耳朵不說話，只是呵呵傻笑。

棄兒說：「快回去吧！過兩天我再幫你帶吃的。記住千萬不要再冒險偷卜骨了。」

大耳朵點點頭，一溜煙跑了。見他走遠，棄兒也轉身往回走。悠悠和田田決定好好審審棄兒，看他到底隱瞞了什麼事。二人躲在牆角，棄兒低著頭匆匆走來，悠悠和田田冷不丁地從牆角躥出，大喝一聲，「站住！哪裡來的賊！」

棄兒被嚇得魂飛天外，一屁股坐在地上。「原來是你們這兩個壞蛋，嚇死我了！」棄兒被嚇壞了，跳起來追打悠悠。

悠悠嚴肅地問：「說吧，那個大耳朵是誰？他塞給你什麼？不要瞎扯，我們都看見了！」悠悠和田田直直看著棄兒。

棄兒見隱瞞不過，只好原原本本地講起大耳朵的故事。原來，他是海外聶耳國人，名叫大耳。幾年前，東邊的夷方人從海外捉了一批聶耳國人，將他們進獻給武丁。聶耳國人天生一副大耳朵，走起路來，兩隻耳朵在胸前晃來晃去，有些肥頭大耳的胖子，甚至要用手托著耳朵才能走路，非常滑稽。

剛開始，武丁將他們圈在宮中的異獸館供人欣賞。後來，大家發現聶耳國人特別善解人意，能洞悉主人的想法，把他們服侍得很舒服。於是，武丁將他們賞給貴族當家奴。這個叫大耳的男孩，被賞給了尹的兒子豐。

「豐？就是上次襲擊我們的那個占卜學院的壞小子嗎？」悠悠問。

「對，就是他。」

「看來大耳有苦頭吃了。」田田憐憫地說。

棄兒點頭道：「你猜得沒錯。豐是個虐待狂。他不給大耳穿衣服，整天對他不是打就是罵，還經常好幾天不給飯吃。有一次，大耳被豐折磨得奄奄一息，倒在路邊。幸虧我路過，給了他點吃的，他才撿回一條命。聽說，聶耳國人睡覺的時候，一隻耳朵可以墊在身下當褥子，另一隻耳朵可以蓋在身上當被子。可是，大耳餓得兩隻耳朵都萎縮了，就像兩個空布袋。」

「尹是很大的官嗎？豐怎麼敢如此仗勢欺人？」悠悠問。

「尹是負責鑄造大鼎的官員，掌管著城外的鑄造場，手下有好多奴隸和工匠。雖說不是太大的官，但家裡很有錢。」棄兒說。

「豐太可惡了，大耳早晚會被他折磨死。」田田憤憤不平地說。

「我常偷偷幫大耳帶吃的。豐最近可能有所察覺，老是想找我麻煩。」棄兒說。

「大耳塞給你的是什麼？」悠悠問。

棄兒說：「這也是個麻煩事。聶耳國人有洞悉人心的本事。即便你不說，他也知道你最想要的是什麼。大耳為了感謝我，常從豐那裡偷占卜用的牛骨給我。」

「他給你偷這個做什麼？」田田問：「難道你想去占卜學院？」

祕密被田田一語道破，棄兒不禁滿臉通紅，好像被人抓住了小辮子。他結結巴巴地說：「這……這可不能亂說。我沒有這種奢望。」

「想學就想學！難為情什麼？」悠悠覺得棄兒反應過度，想多學點東西還不好？

「你們不知道，占卜是非常高深隱祕的學問，只有貴族子弟才能學。平民子弟如果擅自偷學，要被砍頭的。」棄兒說。

沒想到後果這麼嚴重，悠悠和田田嚇得吐了吐舌頭。

悠悠從棄兒手裡拿過大耳給的牛骨片，想看看它到底有什麼神祕之處。不看不知道，看過後他大吃一驚。這塊白色骨片上刻滿了甲骨文，大小式樣跟爸爸淘來的那片骨頭如出一轍。

田田也驚訝地說：「這跟你爸的那塊好像呀！」

悠悠從背包裡掏出爸爸那塊卜骨。兩塊卜骨放在一起一比，除了上面刻的文字不同，兩塊骨片的質地、大小、文字分布和龜裂的花紋都很像！

「你們怎麼會有占卜用的骨片？」棄兒覺得不可思議。

經過這些天相處，悠悠和田田覺得棄兒心地善良，為人正直，是值得信賴的人。於是，他們決定把甲骨的祕密向他和盤托出。當然，從未來穿越回來這事還不能告訴棄兒，否則他一定被嚇得神經錯亂。

棄兒接過悠悠手中的卜骨，翻來覆去仔細端詳，解釋道：「卜骨上刻的卜辭包括四部分，第一部分是前辭，一般有占卜的日期和占卜人的名字；第二部分是命辭，也就是要占卜的事情；第三部分是占辭，就是占人判斷的吉凶；第四部分是驗辭，指的是事情應驗的結果。你看，這裡刻著『癸巳卜爭貞』，意思是癸巳日由貞人爭負責占卜的。」

田田問：「貞人爭是誰？」

棄兒答：「貞人爭你們都不知道？他是我們國家最尊貴的大巫師呀，專門負責幫王占卜。他也是我們甲骨文學校的校長。聽說，王子躍的課就是由他親自教授的。」

悠悠感嘆，「原來爸爸買的這塊卜骨，還大有來頭啊！到底要占卜什麼內容呢？」

棄兒繼續說：「這裡命辭寫的是『婦好娩嘉？婦好娩不其嘉？』，意思是說，婦好——我們的王后，生孩子順利嗎？還是不順利？」

田田急切地問：「那婦好生孩子到底順不順利呢？」

棄兒說：「這上面的花紋亂七八糟，我沒學過占卜學，看不懂呀！這塊卜骨很奇怪，上面沒有刻應驗的結果，所以不知道王后生孩子到底順不順利。」

就像一部偵探電影，眼看就要真相大白，線索卻忽然斷了，悠悠和田田大感失望。

田田問棄兒，「那婦好王后到底有沒有孩子呀？」

棄兒說：「聽說，王一直希望婦好王后能生個兒子，但王后打仗受過傷，身體不好，所以一直沒有孩子。」

田田心想：既然沒懷過孕，怎麼會有生產順不順利的占卜？看來卜骨上占卜的事情還沒發生，可別嚇著棄兒了。想到這裡，她快點將卜骨塞回到悠悠的背包裡。沒想到，大耳偷卜骨的事還是敗露了。

關於故事提及的婦好卜辭，在臺灣中央研究院歷史語言研究所也正好藏有一版，它的內容完整，紀錄清楚。

甲骨是這麼問的：

「甲申卜，南貞：婦好娩，嘉？王占曰：其隹丁娩，嘉。其隹庚娩，引吉。三旬又一日，甲寅娩，不嘉，隹女。甲申卜，南貞：婦好娩不其嘉？三旬又一日，甲寅娩，允不嘉，隹女。」

故事裡的婦好雖然沒有生小孩，但事實上婦好不僅有生小孩，而且還生了不少。史語所收藏的這版卜辭，卜問婦好生產是否順利，結果「不嘉」的原因竟然是因為生女孩，真是太離譜啦！

若有機會，可以請爸爸媽媽帶你到史語所的博物館，看看婦好生產的真正甲骨喔！

第二天一大早，小夥伴們剛進校門，就看見主殿前的廣場上圍著好多人。他們擠進去一看，發現大耳被綁在一根木樁上。他的主人豐揮舞著一根牛筋鞭，嗷嗷直叫：「說！是誰指使你偷我的卜骨？不說，我打死你！」

大耳嚇得臉色煞白，渾身哆嗦，可是緊咬牙關，一句話也不說。

「好，看看是你的嘴硬，還是我的鞭子硬。」豐一臉奸笑，揚起手，啪一鞭子抽在大耳身上。鞭子抽到之處，立刻皮開肉綻，鮮血直流。大耳的臉部痛苦地扭曲著，但他一聲也沒吭。

「沒想到你那麼有骨氣！」豐一臉無賴相，鞭子舉得更高了。

第二鞭眼看就要抽下來時，豐的手被人死死抓住。他回頭一看，原來是棄兒。

「我早知道是你這個野小子。你偷偷給這個小奴隸東西吃，就是想讓他替你偷卜骨，對吧？」豐咬牙切齒地說。

棄兒知道多說無益，當務之急是救下大耳。他頭一抬梗說：「是我怎麼樣？要打要罰你找我，不要為難大耳。」

大耳見棄兒替他出頭，拚命地搖著腦袋大喊：「不是他的主意，是我自己要偷的，你殺了我吧！」

自從上次被王子訓了一頓後，豐對棄兒更加恨之入骨，總想找機會挽回面子。機會終於來了，他努努嘴，兩個毛民國人便把棄兒結結實實地綁了起來。

豐得意地笑道：「甲骨文學校校規第十四條：平民子弟偷學占卜者，死。你知道嗎？」

棄兒正色道：「知道！」

「好，那就別怪我無情了！」豐目露凶光，看起來要對棄兒下毒手。

這一切發生得太快，悠悠三人毫無準備。田田和小布丁用力推悠悠，「悠悠，悠悠，快上啊！拿你的彈弓射他們！」

自從上次被豐幾個壞蛋圍攻後，悠悠隨時都把彈弓帶在身邊。這時，他已經從背包裡把彈弓摸出來了，但是對方人太多，他瞄瞄這個，瞄瞄那個，不知道先射誰。田田和小布丁急得直捶他的後背。眼看棄兒遇難，總得想想辦法啊！

正在無計可施時，人群中突然衝出一個人，撲通一聲跪在豐的面前，不住地磕頭。小夥伴們定睛一看，竟然是莊老師。

莊老師邊磕頭邊哀求，「豐少爺，都是我教徒無方，你要打就打我吧！他還是個孩子……。」

沒想到平時冷漠、嚴厲、神聖不可侵犯的莊老師，竟然會放下尊嚴，這樣低聲下氣地求豐。

豐得意揚揚地看著莊老師說：「莊老師，不是我不給你面子，只是學校的規定寫得明明白白，我也愛莫能助啊！」說完，他掄起鞭子就往棄兒身上抽。

這時，忽聽人群外傳過來一聲咳嗽，「咳，誰在此造次？」那聲音雄渾中透著威嚴，帶著一股睥睨天下的氣勢。看熱鬧的人們瞬間安靜下來，誰也不敢發出聲響。

話音未落，一隊武士踏步而至，為首的中年男子身著一襲白衣，劍眉朗目，五尺長髯飄灑胸前，煞是威武。他身旁的年輕人，正是那天救過悠悠他們的王子躍。

「貞人。」

「王子殿下。」

在場的眾人，包括剛剛還在耀武揚威的豐，全部跪倒在地。悠悠、田田和小布丁也快點跟著跪下。

田田小聲跟身旁人打聽，「這是誰呀？」

「你連他都不認識？他就是我們學校的校長，負責替王占卜的大巫師貞人爭啊！」

原來他就是貞人爭，悠爸那塊卜骨就是他占卜用過的。悠悠和田田忍不住多看了貞人爭幾眼。看來貞人爭地位很高，連王子在他面前都非常恭敬。

貞人爭神情嚴肅地問豐，「怎麼回事？」

豐跪在地上，頭也不敢抬，恭恭敬敬地回答：「史學院學生棄，指使奴隸大耳盜取卜骨，偷學占卜之術，按照校規當處極刑。」

貞人爭看都沒看豐一眼，反而態度溫和地問棄兒，「你就是棄？」

棄兒神情倔強地回答：「正是學生。這事與大耳無關，請貞人處罰我一個人吧！」

貞人爭沒有接他的話，繼續溫和地問：「你為什麼想學占卜之術呢？」

棄兒沒想到貞人爭會問這個問題。他想了想回答：「占卜之術溝通人天，是最高深的學問，學生每每看到貞人代王問卜，既崇拜又好奇，一時糊塗便生了非分之想……。」

「你是莊的養子吧？我聽說你是個很有上進心的少年。」貞人爭打斷棄兒的話說道。

莊老師一聽這話不禁一顫，臉色煞白地跪到貞人爭面前磕頭說：「貞人饒命，都是小人教徒無方……。」

貞人爭揮了揮手，讓莊老師停下，接著對棄兒說：「你若真想學占卜之術，我可以破格讓你去占卜學院學習，怎麼樣？」

棄兒不敢相信自己的耳朵，一直被自己奉為偶像的貞人爭，不但知道他這個無名小輩，還破格准他學習占卜。棄兒激動地熱淚盈眶，一時竟不知道說什麼才好。

奇怪的是，莊老師不但不高興，反而比剛才還緊張。他跪在地上不住地磕頭，嘴裡念叨，「萬萬不可，萬萬不可。請貞人收回成命……。」

貞人爭瞪了莊老師一眼，從牙縫裡擠出一句話，「莊，別以為你在臉上劃了個刀疤，我就不認識你！退下！」

莊老師聞言大驚失色，連忙退在一旁，再也不敢多說一句話。田田看在眼裡，越發覺得莊老師鐵定藏著什麼驚天祕密。一場危機化險為夷。棄兒不但沒有受罰，反而實現了學習占卜的夢想，真是喜從天降。大家興高采烈地回了家，只有莊老師臉色鐵青，如同大難臨頭一般。

回到家，他對棄兒大發雷霆，「你為什麼偷卜骨？為什麼要去學占卜？我告訴過你多少次，安分守己做一個有學問的史人，不要參與到朝政當中！你就是不聽！你翅膀硬了，我說話不管用了嗎？」

莊老師的五官扭曲成一團，帶著刀疤的臉顯得更加冷酷。悠悠等人都嚇傻了，他們不明白莊老師為什麼這麼生氣。如果自己得到校長的誇獎，爸爸媽媽一定很開心，莊老師反而氣急敗壞起來。

棄兒見老師動怒，快點跪下解釋，「老師，徒兒沒有那個意思！」

「你想進宮當大官，飛黃騰達？」

「我沒有！」

「你貪慕虛榮，想光宗耀祖？」

「我沒有！」

「你不用解釋了！我警告你，你在走一條極其危險的路，一不小心就會萬劫不復！」

「老師！我……我想學占卜是為了有一天能問問神，我的媽媽在哪兒？」

棄兒此言一出，大家都不說話了。莊老師沒想到他心心念念想學占卜之術，竟然是為了這個！

「每個人都有媽媽，就連小奴隸也知道自己的媽媽是誰，唯獨我沒有。我知道老師疼愛我，但我還是想知道，我的媽媽是誰，她為什麼不要我……。」棄兒說著流下淚來。

莊老師的臉色漸漸緩和下來，竟然破天荒地露出慈愛的表情。他撫摸著棄兒的頭，喃喃地說：「傻孩子，傻孩子……。」

棄兒抬起一雙淚眼望著莊老師說：「老師，您真的不知道我媽是誰嗎？」

莊老師看著他，搖搖頭。

棄兒說：「那我只好去問上天了！」

「孩子，我阻攔不了你，但是你必須記住，要遠離王宮，一定要遠離王宮！只有這樣你才能得到安寧。記住我的話！」棄兒似懂非懂地點點頭。他不明白老師為什麼這樣憂慮，但他知道這世界上唯有莊老師是真心愛他。

這一夜，所有人都失眠了。悠悠和田田想起了自己的媽媽。掐指一算，他們穿越到商朝快半個月了，不知道爸爸媽媽找不到他們會不會急得去報警。當然，也有可能等他們找到甲骨文的祕密，再從小帳篷鑽回去，還會是那個星期六的下午，好像什麼都沒發生過一樣。但是只有他們自己知道，這一次離家真是太久了。

能吃能睡的小布丁也被悲傷的氣氛感染了。晚上，她抱著悠悠哭訴，「悠悠，我想媽媽了，好想好想……。」

悠悠把她抱在懷裡，喃喃地說：「我也是。」

Y22

甲骨文學校

穿越到三千年前的殷商王朝（上）

作　　者｜黃加佳
繪　　者｜LONLON
審　　訂｜黃庭頎
責任編輯｜鍾宜君
封面設計｜潘大智
內文設計｜簡單瑛設
校　　對｜呂佳真

國家圖書館出版品預行編目 (CIP) 資料

甲骨文學校 : 穿越到三千年前的殷商王朝 / 黃加佳著 . -- 初版 . -- 臺北市 : 晴好出版事業有限公司出版 ; 新北市 : 遠足文化事業股份有限公司發行 , 2024.08
192 面 ; 14.8×21 公分
ISBN 978-626-7528-01-3(上冊 : 平裝). --
ISBN 978-626-7528-02-0(下冊 : 平裝). --
ISBN 978-626-7528-03-7(全套 : 平裝)
859.6　　113009927

出　　版｜晴好出版事業有限公司
總 編 輯｜黃文慧
副總編輯｜鍾宜君
編　　輯｜胡雯琳
行銷企畫｜吳孟蓉
地　　址｜104027 台北市中山區中山北路三段 36 巷 10 號 4 樓
網　　址｜https://www.facebook.com/QinghaoBook
電子信箱｜Qinghaobook@gmail.com
電　　話｜（02）2516-6892　　傳　　真｜（02）2516-6891

發　　行｜遠足文化事業股份有限公司（讀書共和國出版集團）
地　　址｜231023 新北市新店區民權路 108-2 號 9 樓
電　　話｜（02）2218-1417　　傳　　真｜（02）2218-1142
電子信箱｜service@bookrep.com.tw
郵政帳號｜19504465（戶名：遠足文化事業股份有限公司）
客服電話｜0800-221-029　　團體訂購｜02-22181417 分機 1124
網　　址｜www.bookrep.com.tw
法律顧問｜華洋法律事務所／蘇文生律師
印　　製｜前進彩藝
初版一刷｜2024 年 8 月
定　　價｜300 元
I S B N｜978-626-7528-01-3
E I S B N｜9786267528075 (PDF)
E I S B N｜9786267528082 (EPUB)

鮫人
耳鼠

屏蓬
蠻蠻
旋龜